Fr. Helga

GERHARD
DOLLINGER

BRIEFE AUS DEM BUSCH

1951 – 1953

BETULIUS VERLAG

Die Deutsche Bibliothek – CIP-Einheitsaufnahme

Dollinger, Gerhard:
Briefe aus dem Busch 1951–1953 / Gerhard Dollinger. –
Stuttgart: Betulius, 1996
ISBN 3-89511-029-9
NE: Dollinger, Gerhard: [Sammlung]

1 2 3 4 01 99 97 96

Umschlaggestaltung: Atelier Reichert, Stuttgart,
unter Verwendung eines Fotos aus Privatbesitz.
Reproduktion: KILTA – Agentur für Werbung, Stuttgart.
Gesamtherstellung: Clausen & Bosse, Leck.

ISBN 3-89511-029-9

Ein Fund

Ich habe einen Fund gemacht.
Als vor zwei Jahren mein zweiter Sohn, Kai, als Partner in unsere Landpraxis eintrat, wollten er und sein älterer Bruder Cornelius sich fortan in den Nachtdienst teilen. Ich hatte 53 Jahre Nachtdienst gemacht – 33 davon ganz allein, ohne Ablösung – und war recht froh, von nun an durchschlafen zu können. Es bestand keine Notwendigkeit mehr für mich, in dem unruhigen Doktorhaus zu wohnen, und so zogen wir aus dem großen Haus in eine kleinere Wohnung um. Jetzt hieß es, uns von dem in vielen Jahren angesammelten Ballast zu befreien, und ich machte mich ans Sichten: Was wollten wir behalten, was konnte man verschenken, was kam auf den Sperrmüll?
Bei dieser Arbeit fand ich auf dem Speicher eine Kiste, in der meine Mutter meine allwöchentlichen Briefe, in dreizehn Jahren aus dem Busch geschrieben, aufbewahrt hatte. Über vierzig Jahre hatten sie den Dornröschenschlaf geschlafen!
Ich fing an zu lesen und war von meinen Erlebnissen (nicht von meiner Schreiberei!) so fasziniert, daß mir der Gedanke kam, ich müßte ein Buch daraus machen.
Bevor ich jedoch daran gehe, diese Briefe – auszugsweise, versteht sich, denn sonst würden es zehn Bücher – für den Druck fertigzumachen, muß ich erklären, daß sich alle meine Prognosen, die ich damals während meiner Tätigkeit im Busch gestellt hatte, als falsch erwiesen haben. Ich bin diese Erklärung den Kolonisten schuldig, die mit unermüdlichem Fleiß und zähem Beharrungsvermögen aus dieser öden Wildnis, die den Beinamen »Grüne Hölle« zu Recht verdient, eine blühende Oase gemacht haben.
Bei meiner Ankunft im Januar 1951 gab es im Gran Chaco

von Paraguay drei Mennonitenkolonien: Menno (später umbenannt in Loma Plata), deren Bewohner aus Kanada eingewandert waren, Fernheim mit dem Städtchen Filadelfia als Zentrum und Verwaltungssitz, um 1930 von Einwanderern aus Rußland gegründet, und schließlich die Kolonie Neuland, deren Bewohner im Zweiten Weltkrieg mit der deutschen Armee beim Rückzug aus Rußland nach Deutschland gekommen und von dort durch Vermittlung von nordamerikanischen mennonitischen Hilfskomitees nach Paraguay umgesiedelt worden waren.

Diese drei Kolonien erstreckten sich über eine Fläche von etwa 16000 qkm, was der Größe des Bundeslandes Baden-Württemberg entspricht. Sie waren damals so gut wie von der Außenwelt abgeschnitten, denn einen regelmäßigen Flugverkehr gab es ebenso wenig wie eine Straße nach der Hauptstadt Asunción. Um diese zu erreichen, mußte man mit Pferdefuhrwerken in zwei Tagereisen eine Strecke von 110 km auf kaum befahrbaren Buschschneisen an die Endstation einer Schmalspurkleinbahn fahren, von da mit der Kleinbahn in 24 Stunden 145 km zum Flußhafen Puerto Casado, von wo einen ein primitiver Flußdampfer, Lancha genannt, in drei bis vier Tagereisen den Paraguaystrom hinunter beförderte. Eine volle Woche brauchte man für die Reise, die dazu noch äußerst strapaziös war.

Die unausbleibliche Folge dieser Weltabgeschiedenheit war eine gewisse Inzucht auf völkischem und religiösem Gebiet. Darüber hinaus drifteten die drei Kolonien immer weiter auseinander, anstatt zusammenzuwachsen, wie logischerweise anzunehmen gewesen wäre. Dies hat sich aber nicht, wie von mir vorausgesehen, negativ auf die Entwicklung ausgewirkt, sondern im Gegenteil sehr positiv, da jede Kolonie die andere auf wirtschaftlichem wie auf kulturellem Gebiet übertrumpfen wollte. Jede strengte sich aufs äußerste an, die erste zu sein.

Wen wundert es aber, daß ich als Neuankömmling für die Chacokolonien die düstersten Prognosen stellte? Die Hitze war mörderisch, die Natur abscheulich, die wirtschaftliche Lage scheinbar aussichtslos, die Sprache ein Mischmasch aus stehengebliebenem, mit Amerikanismen gespicktem Lutherdeutsch und Plattdeutsch, keine Spur einer Integration in die Landessprache Spanisch; auf religiösem Gebiet eine Art Konservenchristentum, das sich damit begnügte, hier in dieser Weltabgeschiedenheit ungestört und ungehindert seines Glaubens zu leben, ohne jeden missionarischen Drang oder Verpflichtung, ihn weiterzugeben.

Wenn ich nun sage, alle meine Prognosen seien falsch gewesen, was war dann die Ursache für diesen gewaltigen Umschwung auf jedem, ich sage auf jedem Gebiet?

Der Gran Chaco, jahrhundertelang außer für nomadisierende Indianer für unbewohnbar gehalten, hat zwar seine unmenschliche Hitze noch immer; aber so, wie wir Heizungen in unseren Häusern haben, sind die meisten Häuser mit Klimaanlagen ausgestattet. Zwar regnet es immer noch vier bis fünf Monate im Jahr nicht und das Grundwasser ist nach wie vor salzig und ungenießbar; aber mit modernen Maschinen hat man die Regenwasserzisternen, die früher von Hand ausgegraben und mit Ziegeln ausgemauert wurden, so groß und mit Stahlbeton mauern können, daß das Wasser, in der sommerlichen Regenzeit gesammelt, nicht nur für den menschlichen Genuß mit Not ausreicht, so wie früher, sondern daß man sogar die Gärten damit sprengen kann. Zwar bläst der Sturm im Winter immer noch mit der gleichen Vehemenz vom Norden oder aus dem Süden, aber die autobahnbreiten Straßen im Städtchen Filadelfia werden immerzu mit Straßenwalzen glattgewalzt, so daß der Staub nicht mehr wie früher aufgewirbelt wird und durch jede Ritze in die Häuser dringt. Zudem sind alle Straßen mit herrlich blühenden Bäumen bepflanzt, die den Staub auffangen. Auf vielen Häusern sieht man Sonnenkollektoren, die das Wasser, mit Motorpumpen aus der Zisterne in die Wassertanks hinter den Häusern hochgepumpt, erwärmen, ehe es in Küche und Badezimmer geleitet wird. Heuschreckenplagen gibt es nicht mehr, die

Malaria ist ausgerottet, andere Tropenkrankheiten treten auch kaum noch auf. Kurzum: Was die moderne Technik erfunden hat, um dem Menschen das Leben angenehmer zu machen, das sieht man hier verwirklicht. Die Kolonisten haben aus dem Chaco eine Oase gemacht, in der man leben und nicht nur vegetieren kann.

Mit Entwicklungshilfegeldern aus den USA und aus Deutschland konnten die Siedler Maschinen anschaffen und damit größere Ländereien urbar machen und bepflanzen. Ein regelmäßiger Flugdienst zur Hauptstadt hat es ermöglicht, die Landesprodukte frisch hineinzutransportieren. Die Möglichkeit, zwar teuer, aber ohne Strapazen zu reisen, reizte immer mehr Menschen, und so kamen immer mehr aus der Isolation heraus. Als dann noch eine autobahnbreite Asphaltstraße gebaut wurde, konnte man in neun Stunden Asunción erreichen, und damit war das Tor zur Welt geöffnet.

Wichtiger als der Transport der Menschen war aber der Viehtransport. Die Rinder, der Reichtum der Kolonien, mußten früher zu Fuß in vierzehn Tagen bis drei Wochen in die nächste Fleischfabrik getrieben werden, wobei sie mehr als die Hälfte ihres Gewichtes und damit auch ihres Wertes verloren. Mit dem Bau der Straße und damit dem Viehtransport mit Lastkraftwagen wurde die Viehzucht erst rentabel; der Wohlstand wuchs.

Als wir 1951 in den Chaco kamen, lag Deutschland noch am Boden oder war mit dem Wiederaufbau so beschäftigt, daß an die Deutschen im Ausland kaum jemand dachte. Zudem waren wir in der Welt noch so verachtet, daß es kaum eine Ehre war, Deutscher zu sein. Die Kolonisten hielten an ihrer deutschen Sprache, die sie sich durch Jahrhunderte im Ausland bewahrt hatten, mehr aus Sturheit fest als aus Stolz, Deutsche zu sein. Die amerikanischen Glaubensgeschwister, die ihnen materiell und ideell so viel halfen, wurden angehimmelt, und damit schlichen sich viele Amerikanismen ein und verhunzten die deutsche Sprache, ähnlich wie bei uns

nach dem Krieg. Zur spanischen Landessprache hatten sie so gut wie keinen Zugang, solange sie weltabgeschieden lebten und kaum Berührung mit der Landesbevölkerung hatten.
Als in Deutschland langsam der Wohlstand einzog, wurden wieder Lehrer ins Ausland geschickt. Auch in die Kolonien im Chaco kamen solche Auslandslehrer; zudem gab es Stipendien für die Söhne und Töchter der Kolonisten, die dann in Deutschland meistens Germanistik studierten. So kommt es, daß die Mennoniten im Chaco heute ein reineres Hochdeutsch sprechen als in irgendeiner Gegend Deutschlands, Hannover vielleicht ausgenommen. Daneben haben sie sich aber ihr Plattdeutsch für den Hausgebrauch bewahrt.
Als letztes Phänomen muß ich erwähnen, daß heute von einem »Konservenchristentum« keine Rede mehr sein kann. Nicht allein die Indianerstämme, mit denen zusammen die Mennoniten den Chaco bevölkern, wurden missioniert, so daß es heute viele blühende Indianergemeinden gibt, sondern auch im ganzen Land, in Ostparaguay sowohl wie im Chaco, sind in der Landesbevölkerung viele Gemeinden entstanden. Es handelt sich aber dabei nicht, wie man annehmen könnte, um Proselytenmacherei, sondern viele dieser Menschen, die zwar nominell Katholiken waren, seit die spanischen Eroberer ins Land kamen und der Bevölkerung ihren Glauben aufzwangen, hatten bis dahin kaum eine Ahnung vom christlichen Glauben, waren weder getauft noch kirchlich getraut oder hatten je eine Kirche von innen gesehen. Wenn sie sagten: »Yo soy católico«, so sollte das heißen: »Ich bin kein wilder Indianer.«
Die Mennoniten haben außerdem eine Leprastation mit angeschlossenem Krankenhaus in Ostparaguay gegründet – das Werk eines nordamerikanischen mennonitischen Arztes und seiner Frau, John und Clara Schmidt –, die ausschließlich von den Mennoniten unterhalten wird und deren ganzes Personal sich aus freiwilligen Helfern aus den Kolonien zusammensetzt. Auch für die Indianerstämme im Busch haben sie kleine Krankenhäuser gegründet, an denen mennonitische Ärzte ar-

beiten und indianische Krankenpfleger und Schwestern ausbilden.
Somit haben sich meine Prognosen in wirtschaftlicher, kultureller und religiöser Hinsicht als falsch erwiesen, und wenn meine Briefe von damals gelesen werden, dann gelten nur meine eigenen Erlebnisse, nicht aber das, was ich über die Zukunft der Mennoniten geschrieben habe.
Und nun: Auf in den Busch! Viel Spaß beim Lesen!

1950

19. 12. 1950
Auf hoher See zwischen Genua und Barcelona

Gestern abend hat also die Seereise begonnen. Die Tage in der Schweiz und Piemont waren noch herrlich; das wird eine schöne Erinnerung an Europa sein.
Die Seereise auf dem italienischen Dampfer fing lärmend an. Mit Ausnahme von 100 Arabern und ein paar Deutschen sind die meisten Passagiere Italiener, sie schreien, johlen, singen in einem fort, es geht zu wie auf dem Jahrmarkt, so daß man sein eigenes Wort nicht verstehen kann. Dazwischen grölt das Radio mit einer Lautstärke, daß es eigentlich nur noch Geräusch ist und keine Musik. Zum Glück haben Erika und ich eine eigene Kabine, so daß wir uns zurückziehen können.
Heute morgen kam ein Wind auf, und die See wurde ziemlich unruhig. Ich habe keinen Maßstab, ob es arg war, jedenfalls spülten die Wellen dauernd über Deck, als ich oben stand, um nicht seekrank zu werden. Als ich dann wegen der Nässe runterging, packte es mich in der Kabine doch. Da war uns die Lust zum Essen vergangen. Nach drei Stunden Ruhe war es mir wieder gut. Die Leute sagen, wenn es jetzt vorbei sei, komme nichts mehr; es sei ein hoher Seegang gewesen.
Inzwischen ist Barcelona in Sicht, dort bleiben wir die Nacht über und fahren morgen direkt bis Dakar in Westafrika. Von da geht's nach Rio, Montevideo, Buenos Aires – umsteigen – Asunción – umsteigen – Fernheim.

23.12.1950
Zwischen den Kanarischen Inseln und Afrika

Morgen ist Weihnachten, und da sollt Ihr wissen, daß meine Gedanken daheim sind. Hier wird man wohl nicht viel davon spüren. Es wird nun langsam warm, und das ist ja nicht gerade die Atmosphäre, um Weihnachtsgefühle zu kriegen.
Den Ozean finde ich unendlich langweilig. Ich könnte mir nichts Eintönigeres vorstellen. Seltsamerweise hat man auf dem Schiff die Empfindung, stillzustehen, und der Ozean scheint gleich einem Strom vorbeizufließen. Auch wenn das Schiff schwankt, ist einem, wie wenn man als fester Punkt stehe und der Ozean es sei, der rechts und links auf- und niedersteigt.
Gibraltar haben wir bei Nacht passiert. Es war interessant, die Lichter des Felsens auf der einen, die von Tanger in Afrika auf der anderen Seite zu sehen. So ein historischer Punkt hat es einem irgendwie angetan, denn es ist doch bemerkenswert, wie sich um diesen Engpaß schon seit dem Altertum alle Begierden drehen.

1951

Filadelfia, Kolonie Fernheim
Chaco/Paraguay S.A., 17.1.1951

Wir sind nun glücklich hier gelandet und wollen einen kurzen Bericht über unsere ersten Eindrücke geben.
Über unsere Seereise habe ich schon berichtet, sie war elend und abscheulich. Von Buenos Aires an fing es dann an, interessant zu werden. Die Stadt selbst ist im Gegensatz zu Rio de Janeiro ganz und gar europäisch, man fühlt sich darin sofort wohl. Auf den Straßen kann man Deutsch hören, soviel man will; es gibt deutsche Hotels, Restaurants, Buchhandlungen, Krankenhäuser, Schulen. Die U-Bahn ist von Siemens-Schuk-

kert gebaut und gleicht der U-Bahn in Berlin. Es ist überhaupt viel Ähnlichkeit mit Berlin vorhanden: Man ist nicht hastig, aber immer geschäftig; man ist nicht übermäßig elegant, aber sehr solide und gepflegt gekleidet.
Wir nahmen den Flußdampfer und fuhren den Rio de la Plata – Paraná – Paraguay-Fluß hinauf. Schon hier merkt man, daß man sich daran gewöhnen muß, andere Begriffe von Raum und Zeit zu bekommen. Der Fluß ist an seiner Mündung 250 km breit, so daß man außer an der Farbe des Wassers keinen Unterschied zum offenen Meer merkt. Nachdem man 1700 km flußaufwärts gefahren ist, sind von der Flußmitte aus die beiden Ufer noch immer nur sehr undeutlich zu sehen.
Manchmal näherte sich das Schiff, um Untiefen zu vermeiden, dem einen oder anderen Ufer, dann merkte man erst richtig, wie leer dieses Land ist. Viele, viele Kilometer keine Spur einer menschlichen Behausung, Urwald mit baumhohen Farnen, drei Meter hohes Gras, über und über blühende Bäume gigantischen Ausmaßes, träge im Uferschlamm sich sonnende Krokodile, große, bunt schillernde seltene Wasservögel. Es regnete viel, und so war das Land wie ein einziges großes Treibhaus bei einer Schattentemperatur von 45 Grad.
Endlich erreichten wir Asunción, die Hauptstadt von Paraguay. Die Stadt mit ihren 200000 Einwohnern hat lauter schöne breite Straßen, fast nur einstöckige Häuser, dazwischen Gärten und einen unvorstellbaren Blumenreichtum. Hier blühen die ganzen Bäume wie Sträuße, und zwar in den knalligsten Farben. Wir besuchten dort auch den Zoo, und es war lustig zu sehen, daß man Kaninchen und ähnliches Kroppzeug als Seltenheit bestaunte, während Affen und Papageien, Tapire, Jaguare und Pumas, Schlangen, Krokodile und Schildkröten frei herumlaufen.
Paraguay selbst ist etwa so groß wie Vorkriegsdeutschland und hat 1,5 Millionen Einwohner. Schon aus dieser Verhältniszahl ist die Leere des Raums ersichtlich. Und dabei liegt es

so winzig klein zwischen Brasilien und Argentinien eingequetscht wie die Schweiz zwischen ihren Nachbarstaaten. Es ist ein armes Land, was einem angesichts der Üppigkeit der Natur unbegreiflich scheint. Aber es sind verschiedene Faktoren, die da mitwirken. Mit den beiden Groß-Agrarstaaten Argentinien und Brasilien kann es in der Ausfuhr landwirtschaftlicher Rohstoffe nicht konkurrieren; eine Industrie fehlt aber völlig. Mit diesen beiden Faktoren ist auch das Wohl und Wehe unserer deutschen Kolonie eng verknüpft. Es nützt nicht viel, wenn sie gute Ernteerträge hat, da alles schlecht bezahlt wird. Die Dinge, die man zum Leben aber unbedingt braucht, müssen alle teuer bezahlt werden. Es herrscht eine absolute Devisensperre, und man kann sich daher auch nichts aus dem Ausland schicken lassen. Im ganzen Land gibt es keine einzige Knopffabrik, keine Seilfabrik, keine Schuhwichsefabrik, keine für Saiten und Catgut, kaum Spinnerei und Weberei, und dabei gibt es alle Rohstoffe im Überfluß. Alles, alles muß eingeführt werden. Unsere Kolonie hat in Asunción eine Wirtschaftsniederlage, wo der Warenumsatz stattfindet. Dort sitzt ein Kaufmann aus der Kolonie, ein sehr fähiger Kopf; er sagte mir, daß es nur an einigen geeigneten Fachleuten für das eine oder andere Gebiet fehle, dann sei die Kolonie aus vielen Schwierigkeiten heraus. Man müßte hier an Ort und Stelle einige Fabriken hinstellen, wo die Farmerzeugnisse verarbeitet werden, damit auch die Abfälle verwertet werden können. Rindvieh gibt es im Überfluß, aber alle Därme, alle Hörner, alle Knochen werden weggeworfen, sogar für das Fell gibt es kaum eine Verwendungsmöglichkeit, und was könnte man alles davon machen! Mit dem erzielten Geld ließen sich viele Methoden zur Rationalisierung der Landwirtschaft einführen. Dies wäre eigentlich eine Aufgabe des Staates, da ihm so viel an der Urbarmachung des Chaco liegt. Aber hier wechseln die Regierungen sehr oft, und es wird nichts getan. So wollen unsre Leute das Problem selbst in Angriff nehmen und versuchen, Fachleute aus Deutschland herzukriegen. Das dürfte keine Schwierig-

keit sein, wenn nicht der Umstand hinzukäme, daß hier lauter Mennoniten wohnen, Menschen, die sich, um ungestört ihres Glaubens leben zu können, von Land zu Land jagen und von Erdteil zu Erdteil verpflanzen lassen wie ihre Vorfahren jetzt schon seit Hunderten von Jahren. Für jemand, der nicht aus diesen oder ähnlichen Kreisen stammt, ist es gewiß nicht leicht, sich hier einzufühlen und wohlzufühlen.
Die letzten 750 km – in der Luftlinie 500 km – legten wir im Flugzeug zurück. Auf der ganzen ungeheuren Strecke sahen wir weder Stadt noch Dorf noch überhaupt irgendeine Spur einer menschlichen Ansiedlung. Nichts als Busch und Steppe. Dann plötzlich sieht man, wie aus dem Nichts gewachsen, Felder, grün und gelb, kleine Dörfchen, jedes vom anderen durch dazwischen liegenden Busch abgetrennt. Sie sind auf sogenannten Kämpen angelegt, Buschlichtungen, die durch Abbrennen des etwa 3 m hohen Steppengrases gerodet werden. Dies ist kein richtiger Urwald hier, sondern ein dürftiger Krüppelbusch, kärglich vegetierend infolge der großen Hitze und des Fehlens jeglichen Wassers. Über Hunderte von Kilometern gibt es keinen Fluß, keinen Bach, keinen See, ja nicht einmal Brunnen kann man bohren, da das Wasser salzig und ungenießbar ist. Man lebt hier nur vom Regen, der von den Blechdächern der Häuser in große Zisternen gesammelt wird, aber oft monatelang ausbleibt. Es ist einem unbegreiflich, daß Menschen in wasserlosen Gegenden existieren können, und doch ist das Experiment, das die Regierung des Landes im Laufe von Jahrhunderten immer wieder versucht hat, den Deutschen, die vor 22 Jahren ins Land kamen, erstmalig geglückt. Unsere Leute sind friesischen Ursprungs und sehen deutscher aus, als ich jemals in Deutschland jemanden gesehen habe. Sie sprechen Hochdeutsch und Platt gleich gut, unsre Indianer aber nur Platt. Leider besteht ein großes Mißverhältnis in der Zahl der Indianer und unserer Leute, da von unseren Leuten alle Familien mindestens 10 Kinder haben, lauter Weißköpfe, und die Indianer seit undenklichen Zeiten alle ihre Kinder bis auf zwei, einen Buben und ein Mädel,

umzubringen pflegen. Sie sind wegen der Wasserlosigkeit Nomaden und können daher nicht in größerer Zahl existieren. Damit fehlt es aber unsern Farmern an Landarbeitern. Man pflanzt hier eine gute Baumwolle, die einzige Pflanze, die ohne Wasser gedeiht. Da der Farmer, seine Frau und die Kinder so die ganze Arbeit allein verrichten müssen, diese aber für Weiße zu schwer ist bei der Hitze, können viel weniger Bodenflächen angepflanzt werden, als vorhanden wären und als notwendig wäre, um die Sache rentabel zu gestalten. Dies ist das Hauptproblem. Eine Lösung zeichnet sich ab. Unsre Leute haben überall unter den Indianern in der Umgebung Missionsstationen errichtet. Die getauften Indianer bringen ihre Kinder nicht mehr um und geben das Nomadenleben auf. Sie werden in kleinen Dörfern in der Nähe angesiedelt und arbeiten auf den Farmen. Da sie sich normalerweise genau so vermehren wie unsre Leute, wird es in einigen Jahren mehr Landarbeiter geben, und bis dahin ist dann die Kolonie so weit, daß sie maschinelle Entkernungsanlagen und Pflückmaschinen anschaffen kann. So ist die ideelle Seite mit der praktischen verknüpft, wie überhaupt unsere Leute bei all ihrer großen Frömmigkeit sehr nüchtern und praktisch denken und handeln. Viel Sentiments gibt's hier nicht, dafür ist das Leben zu hart.
Es hat aber auch sehr schöne Seiten. Die Menschen sind alle so unverbraucht, wie man es bei uns gar nicht mehr findet. Die menschlichen Beziehungen untereinander sind unproblematischer, man ist aufrichtiger und ehrlicher. Im ganzen Gebiet, das sich über 200 km erstreckt, gibt es keine Türschlösser; die Türen haben nur Holzschnepper. Man klatscht vor dem Gartenzaun in die Hände; wenn jemand daheim ist, heißt's: »Herein!«, wenn nicht, geht der Besucher wieder.
Die Indianer sind richtige Karl-May-Figuren, so wie man sie sich als Kind vorgestellt hat: bemalte Gesichter, große Ohrgehänge, malerische Bekleidung. Sie wußten alle, daß ein neuer Doktor kommt, und marschierten auch prompt neugierig vor der Ambulanz auf. Die einen erfanden ein Weh-

wehchen, um mit mir sprechen zu können; die andern gaben auf die Frage, was sie wollten, die Antwort: »Nix, bloß spizieren« (also »inspizieren«, gucken).
Das Krankenhaus ist freilich nach unsern deutschen Begriffen etwas primitiv, aber immerhin sehr sauber. Es ist in verschiedene Gebäude aufgeteilt und füllt ein ganzes Areal. Das Haus für die Patienten ist das größte, dann eins für die Ambulanz, intern und chirurgisch, je eins für Apotheke, Labor, Röntgen, Schwesternlehrsaal und Vorratsraum; eins für die Küche, für Waschküche und Büglerei, eins für den Operationsraum, eins für die Schwesternwohnungen, eins für die Internistin, eins für uns. Wir haben 20 Schwestern, einen Apotheker mit Gehilfen, eine Internistin, eine prachtvolle Frau, die wir gleich ins Herz geschlossen haben. Dann bin ich da als Chirurg, Gynäkologe, Hals-, Nasen-, Ohren- und Augenmensch, kurz: Allroundman.
Der Apotheker ist ein Universalgenie. Eigentlich war er Schreiner und Farmer, dann hat ihm mal ein amerikanischer Arzt die Grundbegriffe der Pharmazie beigebracht, und nun arbeitet er seit sieben Jahren zur vollen Zufriedenheit aller seither dagewesenen Ärzte. Er muß alles selbst mixen, denn Fertigpräparate gibt es hier kaum. Diese wären auf dem langen Transport in der großen Hitze auch meist verdorben. Er macht ferner die Narkosen, alle Sorten, die es gibt. Außerdem hat er die wirtschaftliche Leitung und Geldverwaltung des Krankenhauses unter sich. Er macht alle Brillenbestimmungen und schraubt die passenden Gläser in die Gestelle, ist also auch Optiker. Ich glaube, es gibt nichts, was er nicht kann. Das Haus, in dem er wohnt, hat er ganz allein gebaut.
Die Schwestern sind lauter junge Mädchen, die zwei Jahre Kurs machen und dann nach Hause an ihre Krankenhäuser gehen oder nichts Eiligeres zu tun haben als zu heiraten, so daß man gerade wieder von vorne anfangen muß mit Ausbilden. Ältere, Erfahrene gibt es nicht. Ich gäbe etwas darum, wenn ich Diakonissen oder Nonnen hier hätte, die dann auch dableiben! Zwar stehen unsre Mädchen jenen an Frömmig-

keit in nichts nach, sie beten und singen, sie halten den Patienten Morgen- und Abendandachten, aber heiraten ist bei ihnen auch ein gottgefälliges Werk. Hier treibt einfach alles zur Fruchtbarkeit: die Menschen, die Tiere, die Pflanzen. Bäume, die man jetzt pflanzt, hüllen in vier Jahren die Häuser in ihren Schatten. Zitrusfrüchte gibt es in vier Jahren, wenn man jetzt ein Kernchen steckt.

Unser Wohnhaus ist das hübscheste, das ich bis jetzt gesehen habe. Es ist geräumig, hat eine Halle mit Kamin, vier Zimmer, Küche, Duschraum, drei große Veranden, so daß man immer auf der Schattenseite sitzen kann. Es ist von hohen Bäumen umgeben. Einen Garten will ich mir auch anlegen, Platz ist genug da, und auf der Versuchsstation kann man sich Pflanzen aller Gattungen holen. Dort sitzen ein Forstmeister und ein studierter Landwirt (beides Deutsche) und erproben, was man hier alles pflanzen kann.

Man kann sich gute Möbel machen lassen; es gibt die schönsten Hölzer der Welt: Zedern; Palisander, rötlich und graugrün; Kakaranda, weiß wie Akazien; Paloblanco, weiß mit dunklen Streifen; Paloruscho, grau; Quebracho, rot mit gelb; Algarobo, rotbraun; Tintenholz, schwarzblau. Von allem zusammen machen unsre Leute herrliche Intarsienarbeiten. Schreiner gibt es, aber sie sind sehr mit Arbeit überlastet. Die Möbel werden alle massiv gemacht, aber in bester und elegantester Ausführung. Leider haben sie keine Maschinen, sie müssen alles von Hand machen, was sehr viel Zeit in Anspruch nimmt.

Handwerker sind überhaupt sehr rar. Es gibt in der ganzen Kolonie keinen Schneider, nur einige Schneiderinnen, von denen eine die Herrenschneiderei macht. Zum Glück braucht man ja bei der Hitze nicht viel anzuziehen, aber ein Schneider oder mehrere hätten hier ihr gutes Auskommen. Ein Seiler wird so nötig gebraucht wie das tägliche Brot, da man nicht einmal in Asunción genügend Stricke kaufen kann, weil alles kontingentiert ist. Dabei würde Sisalhanf hier gut wachsen. Es fehlt an Seifensiedern, Schmieden, Spinnerei- und Webereifachleuten, um die Baumwolle hier an Ort und Stelle zu verarbeiten. Wenn uns jemand einen Tip in dieser Hinsicht geben kann, sind wir sehr dankbar. Nur dürfen es keine Abenteurer und verkrachte Existenzen sein; diese würden nicht unter das hiesige biedere Volk passen. Es gehört schon eine Portion Idealismus dazu, um das Leben hier lebenswert zu finden. Dies ist es auch, was uns unsere neue Arbeit lieb und wert macht. Zu Hause ist es mir immer auf die Nerven gefallen, daß an jedem zweiten Haus ein Arztschild hängt – hier kommen die Leute auf Pferdefuhrwerken über 200 km weit her, Indianer und Einheimische sogar von jenseits der Grenze des Urwalds. Wir nehmen alle in gleicher Weise auf.

Fernheim, 28. 1. 1951

Jetzt sind wir schon zwei Wochen hier, es ist kaum glaublich, wie schnell die Zeit vergeht. In der ersten Woche war es schrecklich. Es war die größte Hitze des bisherigen Sommers, und zwar seit vielen Jahren, wie die alten Kolonisten sagen. Aber in der zweiten Woche kam dann Regen und viel Wind, da fingen wir erst an, uns für unsere Umwelt zu interessieren.
Wir machten eine kleine Reise mit dem Auto nach Halbstadt und besuchten dort unseren Freund Dr. Rakko. Es ist 35 km von hier, aber ich muß doch sagen, daß es eine Reise war. Außer einem kleinen Dörfchen auf halbem Wege berührten wir keine menschliche Ansiedlung; es ging immer nur durch Busch und Steppe. Die Straße war so breit wie unsere Autobahn, nur nicht ganz so gut. Sie ist immer nur in Wagenbreite befahrbar, je nachdem, wo es trocken ist oder keine Baumstrünke und sonstigen Hindernisse herumliegen. Manchmal kommen Tümpel, die vom letzten Regen stehen geblieben sind, da das Land so eben ist, daß nirgends Abflüsse sind; da fährt man dann bis an die Achsen im Schlamm, und es wäre unmöglich, mit einem anderen Fahrzeug als dem amerikanischen Jeep durchzukommen. So brauchten wir für diese Reise drei Stunden hin und noch mehr zurück, weil es Nacht war.

Halbstadt ist der Hauptort der Kolonie Neuland, die vor drei Jahren von den damals angekommenen Ostflüchtlingen angelegt wurde. Es war für uns erstaunlich, wieviel diese Menschen in der kurzen Zeitspanne schon erreicht haben. Sie sind mit einem unglaublichen Elan daran gegangen, sich eine neue Heimat zu schaffen, und nun ist alles schon schön grün. Die Baumwollfelder blühen, die neugepflanzten Bäumchen beschatten schon fast die kleinen Lehmziegelhäuschen, an denen alles, aber auch alles selbst gemacht ist. Es gibt dort ganze Dörfer ohne einen einzigen Mann; die Männer sind entweder im Krieg auf Deutschlands Seite gefallen oder vermißt oder sie wurden schon vorher von den Russen verschleppt. Die Frauen, zum Teil mit drei, vier kleinen Kindern, haben wie Männer den Pflug in die Hand genommen und angefangen, das Brachland zu roden und urbar zu machen. Sie bauten selbst ihre Häuser und gruben Brunnen – dort ist das Brunnenwasser genießbar – und zogen daneben noch ihre Kinder auf. Man möchte heulen, wenn sie es einem mit nüchternen Worten erzählen. Wenn man sie fragt, ob sie es nicht bereut haben, hierhergegangen zu sein, sagen sie: »Ach, was hätten wir denn als Ostflüchtlinge in Deutschland schon für unsere Kinder tun können? Hier schaffen wir ihnen wenigstens eine neue Heimat. Allein wären wir wahrscheinlich nicht hergegangen. Wir taten's nur wegen der Kinder. Jetzt sind wir ja aus dem Gröbsten heraus. Wir fangen an, die seitherigen Häuschen als Abstellschuppen zu benutzen und uns richtige Häuser aus gebrannten Ziegeln zu bauen, mit Fenstern und den Dingen, die nicht nur dem nackten Leben dienen, sondern das Leben auch etwas verschönern.«
Dr. Rakko hat auch ein kleines Krankenhaus; er behandelt dort die Patienten, die nicht operiert zu werden brauchen oder keine spezielle Behandlung nötig haben. Bei ihm fängt der Busch gleich hinter dem Haus an, und er hat eine ganze Menagerie: einen Esel, zwei Pferde, einen Papagei, 40 Tauben, etliche Kühe mit Kälbern, alles hauptsächlich für seinen kleinen Jungen, der das Leben paradiesisch findet. Seine

17jährige Tochter geht hier in die Realschule, und wenn sie diese beendet hat, bekommt sie ein Stipendium zum Studium in Kanada. Alle intelligenten Kinder bekommen von den vielen reichen Mennoniten in USA oder Kanada solche Stipendien.

Der Busch ist das Armseligste, was man sich denken kann. Es wachsen hauptsächlich Kakteen zwischen niedrigem Gestrüpp, unter diesen als häufigste Art die Königin der Nacht, die meterlange, armdicke Ranken hat und voller Knospen ist. Wenn es geregnet hat, öffnen sich diese Knospen, und dann ist das dürre Gewächs für eine Nacht in ein weißes Blütenmeer verwandelt. Man kann sich keine Vorstellung machen, wie schön das ist. Die Kinder laufen dann hinaus und holen ganze Arme voll Blüten und bringen sie den Patienten ins Krankenhaus.

Diese Woche habe ich angefangen, meinen Garten herzurichten. Ich habe mir Setzlinge von allen möglichen Leuten geben lassen – die Leute sind hier mit dem, was sie haben, sehr freigebig und freuen sich, wenn sie einem eine Freude machen können. So habe ich nun kleine Dattelpalmen, Bananen, Sisal, Agavenstauden, orangefarben blühende Akazien, verschiedene Schlinggewächse und die über und über leuchtend rot blühenden »Chaco-Rosen«, wie der Hibiskus hier genannt wird, an meine Veranden gepflanzt. Wenn es wieder regnet, pflanze ich Orangen, Zitronen, Mandarinen und Grapefruits, die hier so groß werden sollen wie Kindsköpfe, auch Mamonen, eine Kürbisart, die an Bäumen wächst und sehr süß und wohlschmeckend ist. Bald ist es auch Zeit, Gemüse zu pflanzen; denn dies wächst hier nur im Winter, also in denselben Monaten wie bei uns, da die Jahreszeiten ja umgekehrt sind.

Vorgestern haben wir unser Haus bezogen; es ist nach dem Weggang meines Vorgängers von Grund auf neu hergerichtet worden. Es macht Spaß, einmal ein ganzes Haus für sich allein zu haben, nach der fürchterlichen Wohn-Enge in Deutschland. Wir laufen immer von einem Zimmer ins andre vor lauter Freude darüber, daß das alles uns gehört. Es ist aber auch mit Abstand das größte und schönste Haus hier und auch am komfortabelsten eingerichtet. Die Möbel sind aus Zedernholz, das so rötlich ist wie Kirsche und eine hübsche Maserung hat. Lampen hat hier kein Mensch; es hängen einfach die Birnen von den Decken herunter. Wir haben uns gleich eine schöne Lampe fürs Eßzimmer gebastelt; sie ist beinahe wie gekauft. Nach diesem ersten Erfolg wollen wir uns auch eine für die Halle machen.

Manchmal ist es uns ganz unbegreiflich, daß wir so nahe am Urwald wohnen, und wir könnten es nicht glauben, wenn nicht die Fauna und Flora ums Haus so fremd wäre. Es gibt viele Schlangen, aber komischerweise verliert man hier völlig die Angst vor ihnen, die man zu Hause beim bloßen Hören empfunden hat. Die meisten sind sehr schön und farbenprächtig, so daß es einem fast leid tut, sie zu verscheuchen oder umzubringen. Papageien spielen hier ungefähr die Rolle wie bei uns daheim die Spatzen; sie treten in großer Menge auf, sind sehr frech und machen einen ungeheuren Krach. Die häufigste Art ist grau, hat aber einen knallroten Kopf mit einem Häubchen darauf, was lustig aussieht. Dann gibt es die grünen Papageien, die man bei uns auch kennt; die sind etwas größer und lassen sich gut zum Sprechen abrichten. Fast alle Leute haben einen. Strauße leben meist draußen auf der Steppe. Man benutzt ihre Federn als Staubwedel. So sind die seltensten Sachen hier die banalsten, und die, ohne die man zu Hause nicht auszukommen glaubt, fehlen oder sind sehr teuer.

Die Arbeit im Krankenhaus macht viel Freude. Es ist so viel zu tun und die Leute sind so froh und dankbar, daß ein Doktor hier ist, daß schon allein das eine Befriedigung gibt. Diese Woche habe ich neun größere Operationen gemacht, für nächste Woche sind ebensoviele oder mehr vorgesehen. Ein Einheimischer kam zehn Tagereisen weit ohne Weg und Steg durch den Busch geritten, um sich den Blinddarm herausnehmen zu lassen. Wie üblich brachte er seine Familie gleich mit, alle zu Pferd, und die wartet hier in einem eigens dazu erbauten Haus, bis alles vorbei ist und er wieder mit nach Hause reiten kann, was gewöhnlich nach zehn Tagen möglich ist. Erika sagte heute: »Hier weiß man eigentlich erst richtig, wofür man lebt, wenn man sieht, wie nötig einen diese Menschen brauchen.« Und so geht es mir auch.

Fernheim, 5.2.1951

Wir sind nun fertig eingerichtet, und es ist sehr hübsch bei uns geworden, am geschmackvollsten und schicksten in der ganzen Kolonie, wozu freilich nicht viel gehört; aber es ist doch lustig zu sehen, wie alle Besucher die Augen aufreißen. Eben haben wir zum erstenmal das Radio angeschlossen. Es funktioniert wundervoll, und wir bekommen eine ganze Menge Sender herein, sogar England, ohne Hochantenne. Wenn wir die erst dran haben, ist vielleicht auch Deutschland zu kriegen. Denkt Euch, auf unserm Küchenherd steht »EGA, deutsche Wertarbeit, Gaggenau«. Ist das nicht gelungen, fünfzehntausend Kilometer von daheim, mitten im Urwald?
Das Essen ist hier eine Nebensache, es kostet fast nichts, für uns überhaupt nichts, und man beachtet kaum, wie gut und reichlich es ist: morgens, mittags und abends Eier und Fleisch und Butter, soviel man nur will, frische Milch oder Rahm – der Liter kostet nur 3 Guaraní –, Honig, Marmelade aus Sauerampferblüten, die sehr gut schmeckt, etwa wie Pflaumenmus. Die Sauerampferstauden (Grosella) sind hohe Büsche wie Johannisbeersträucher. Statt Kartoffeln gibt es Bataten und Mandioka; letztere schmecken viel besser, erstere mit ihrem leicht süßlichen Geschmack eignen sich eher für den Gemüseeintopf. Es gibt Reis, Paprika, allerhand Kürbisarten und Melonen und Früchte, von denen man noch nie etwas gehört hat. Zitronen reifen das ganze Jahr über: die kleinen wilden, die unheimlich sauer sind, und die, die wir kennen. Viel kann man bei der Hitze ja gar nicht essen; man trinkt den ganzen Tag Kaffee, Tee, Zitronenwasser. Der Kaffee ist uner-

hört miserabel, was angesichts der Tatsache, daß man in Südamerika lebt, unglaublich ist. Aber man gewöhnt sich rasch daran.
Es sind auch einige sehr nette Leute hier, mit denen man verkehren kann. Auf der land- und forstwirtschaftlichen Versuchsstation sind ein Forstmeister und ein Gartenbaumeister aus Thüringen und ein studierter Landwirt aus USA; ein Realschullehrer aus Holland ist hier, ferner einige Missionarsehepaare aus Kanada und USA, die so weltaufgeschlossen und fröhlich sind, daß es uns großen Spaß macht, wenn sie kommen. Der Funker und seine Frau kommen auch oft herüber, da haben wir Gelegenheit, englisch zu sprechen. Alle Sprachen kann man treiben, nur Spanisch nicht, das hier doch eigentlich die Staatssprache ist; drollig, nicht? Die Paraguayos sprechen nämlich alle Guaraní, die Sprache eines beinahe ausgestorbenen Indianerstamms, d.h. desjenigen, der sich mit den spanischen Eroberern vermischt hat. Sie sind von Indianern nur durch ihr ein wenig zivilisierteres Benehmen zu unterscheiden. Sonst sehen sie genau gleich aus. Spanisch ist für sie eine Fremdsprache, die sie in der Schule lernen müssen.
Auf der 10 km entfernten Versuchsstation, die wir diese Woche besuchten, fragte ich die Fachleute, warum man hier keinen Sisal anpflanzt, wo er doch eine ausgesprochene Trokken- und Hitzepflanze ist und außerdem viel einbringen würde. Sie meinten, es habe bis jetzt sicher nur am Anstoß gefehlt, und man brauche zur Aufarbeitung besondere Maschinen. Ich denke, es müßte eine Menge damit zu machen sein, denn die Stauden stehen in den Gärten so prächtig und so prall da, daß es eine Lust ist. Warum sie also nur als Zierpflanze anbauen? In Deutsch-Ostafrika hat man ja fast nur Sisal angepflanzt, und das war der größte Reichtum.
Mit der Hitze ist es so eine Sache: Abends kann man nicht einschlafen vor Hitze, morgens wacht man schier nicht auf. Mittags kann man nur ruhen, nicht schlafen; wir legen uns dann auf den Fußboden, denn die Betten sind wie elektrisch

geheizt. Unser Haus ist das einzige, das Steinfliesen hat. Das ist der größte Luxus, denn sie mußten 750 km weit von Asunción hertransportiert werden, und die Fracht soll mehr gekostet haben als die Fliesen selber. Sonst hat man Zement- oder Lehmböden. Wasser haben wir mehr als genug, denn es regnet oft und reichlich, und die Zisterne ist groß. Wir stellen in einer Wanne das Wasser vors Haus in die Sonne, dann ist es nach ein bis zwei Stunden so heiß, daß man es mit kaltem mischen muß, um baden zu können. Die Brause haben wir gleich beim Schlafzimmer, nicht wie die andern in abseits stehenden kleinen Häuschen.

Allen Schilderungen zum Trotz gibt es fast keine Insekten: keine Schnaken, keine Flöhe, keine Fliegen, nur Ameisen, und dagegen gibt es ausgezeichnete Pulver. Nachts kommen die Nachtechsen, die ganz durchsichtig sind und unter dem Haus leben, und fangen alles weg. Sie rennen immer an den Drahtgittern vor den Fenstern auf und ab. Kröten sind hier so groß wie Karnickel. Sie watscheln ganz langsam einher, wenn es Nacht wird, und fangen auch viele Insekten. Die Grillen oder Zikaden machen in der Dämmerung einen so ohrenbetäubenden Lärm, daß man sein eigenes Wort kaum verstehen kann. Weil wir gerade bei den Insekten sind, kommen wir zu den Bienen. Es gibt nur wenige Imker hier, aber die haben unerhört hohe Erträge, pro Volk 80 kg Honig im Jahr. Es gibt zwei Trachten, die erste ist jetzt gerade vorbei, die zweite beginnt im März. Man hat Oberlader, also die Kästen, die oben aufgeklappt werden, so daß man die Waben einzeln herausnehmen kann. Heute war ein Imker als Patient bei mir, und als ich ihm erzählte, daß ich auch etwas davon verstehe, wollte er mich schon animieren, hier Bienen zu züchten. Aber ich habe ja gar keine Zeit dazu, ich komme kaum an meinen Garten. Samstags haben wir keine Operationen und auch keine Sprechstunde, da kann ich noch am ehesten etwas für mein Vergnügen tun. Sonst bin ich meistens erschöpft, wenn ich mein Pensum erledigt habe: Krankenhaus, Sprechstunde und Schwesternschule. Der Kursus läuft zwei Jahre, und wir haben alle Nachmittage zwei Stunden Unterricht, dazu eine Stunde Mathematik- und Physikunterricht, der durch eine Studienrätin von der Realschule erteilt wird. Ich soll dafür eine Stunde Unterricht an der Schule geben, wie das mein Vorgänger auch getan hat.

Wir haben auch schon ein Männerdoppelquartett aufgemacht; es übt in unserem Hause. Heute war die erste Singstunde. Die Noten sind vom Christlichen Sängerbund. Ich kenne die meisten Lieder von daheim. Heute war »Wer pflanzte die Blumen ins grüne Feld« und »Dein sind wir, Jesus, Gottes Sohn« dran. Die singen hier anstatt von Noten von Zahlen. Einer, der Noten lesen kann, setzt sie in Zahlen um, und dann singen sie gleich ohne Instrument vom Blatt in allen vier Stimmen, es ist zum Staunen, wie schnell das geht. Ich habe aber vor lauter Lachen fast nicht singen können, als die plötzlich anfingen, in Tönen zu singen: 1, 5, 5, 5, 3, 5, 3 usw. Da muß man sich auch erst daran gewöhnen.

Man wird hier des Fragens über Deutschland nicht müde. Ich habe schon zweimal im Gottesdienst sprechen müssen und einmal in der Kolonieratssitzung, die einmal jährlich stattfindet und mit Gebet, Gesang und Predigt beginnt. Immer wieder muß man staunen, wenn man ein paar hundert dieser so grobschlächtig aussehenden, riesigen Männer – 1,80 m ist ungefähr das Mindestmaß – beten und predigen hört, wenn sie alle Lieder auswendig singen und immer wieder in bewegten Worten Gott für dies so unerhört entsagungsvolle und entbehrungsreiche Leben danken. Daß sie dabei so derb sind, macht die Sache erst recht sympathisch. Am allerlustigsten mutet es an, wenn sie abends singen und schmettern: »Tirol, Tirol, Tirol, du bist mein Heimatland«, »Es geht eine Mühle im Schwarzwälder Tal«, »O du mein Edelweiß«, »Dieses schöne Land ist mein Steirer Land« usw., auch eine Menge alte Soldatenlieder wie »Auf der Heide blüht ein kleines Blümelein« – ausgerechnet wo sie noch nie einen Berg gesehen haben, Deutschland nur vom Hörensagen kennen und überhaupt jeglichen Kriegsdienst ablehnen. Mich nennen sie einen

»Deutschländer«. Die Straße, in der ich wohne, bekam vor 20 Jahren den Namen Hindenburgstraße, und den hat sie – in Treue fest – auch heute noch.
Alle versichern mir, es sei am zweckmäßigsten, sich von seinem Geld Vieh anzuschaffen, und so werde ich bald Besitzer einer Rinderherde sein. Während das Geld in seinem Wert sinkt und kaum Zinsen trägt, wächst das Vieh und vermehrt sich, so daß man lebende Zinsen hat. Es kann auch jederzeit verkauft werden. Sachen, die hier erzeugt werden, sind unerhört billig, da kommt man mit wenig Geld aus. Ein Büroangestellter auf der Kolonieverwaltung bekommt 250 Guaraní monatlich und muß sich davon beköstigen und kleiden, auch seinen Stromverbrauch zahlen und sein Haus instandhalten, während wir 1250 bekommen und Haus mit Garten, Essen, Berufskleidung für beide und den Strom frei haben, auch Holz zum Kochen usw. So können wir eigentlich sagen, daß wir schon gut dran sind, wenn auch das Geld im Verhältnis zum Dollar wenig Wert hat, nämlich amtlich 8 Guaraní und schwarz 15, so daß eine Mark etwa 3 Guaraní entspricht.
An einem Tag wie heute möchte ich Euch einmal hier haben. Da würde es Euch gefallen. Es ist so frisch und kühl, ein herrlicher Sternhimmel – das Kreuz des Südens steht über dem Haus –, die Bäume sind so saftig grün, daß es eine Lust ist. Das Land ist so weit, so weit, nirgends beengt einen etwas. Unsere »Stadt« hat 1000 Einwohner und eine Ausdehnung von etwa 6 Quadratkilometern. Straßen, so breit wie die Autobahn, sind ganz mit Gras bewachsen bis auf eine schmale Wagenspur. Manchmal stehen mitten darauf riesige Bäume, die wegen ihrer Schönheit einfach stehen gelassen werden, und abends lagern die Rinderherden rechts und links. Wer der Enge in Europa müde ist, kommt hier auf seine Rechnung, und ich lade jeden herzlich ein, der kommen will. Alle, die etwas gelernt haben, sind hier hoch willkommen und finden ein reiches Arbeitsfeld.

Aus einem Brief an die Schwestern von St. Trudpert
Fernheim, 9.2.1951

Nun sind schon vier Wochen ins Land gegangen, seit wir hier sind, und da ich jetzt etwas mehr Überblick über die hiesigen Verhältnisse habe, will ich meine Arbeit und unser Leben schildern.
Der grundlegende und eigentlich für uns maßgebliche Unterschied gegenüber daheim ist der, daß es in Deutschland zu viele, hier aber zu wenige Ärzte gibt. Während bei uns praktisch ein Arzt dem andern mit nicht immer ganz einwandfreien Mitteln die Patienten wegschnappt, um überhaupt leben zu können, hat hier, als es bekannt wurde, daß mein Vorgänger weggehen wollte, die ganze Kolonie sonntags in den Kirchen Bittgottesdienste abgehalten, daß Gott wieder einen Arzt schicken möge. Und als wir da waren, wurden Dankgottesdienste für die Erhörung abgehalten. Dies läßt einen vieles ertragen, was hier schwer ist: die Hitze, die Primitivität, die Tatsache, daß in 500 km Luftlinie im Umkreis kein Krankenhaus ist, das besser eingerichtet oder besser ärztlich besetzt wäre als das hiesige; eine Tatsache, die einen oft Blut schwitzen läßt, denn sie bedeutet, daß man alles, einfach alles wagen muß, selbst Sachen, die man noch nie operiert, assistiert oder überhaupt gesehen hat. Die Menschen sind aber so vertrauensvoll, daß sie auch dann operiert sein wollen, wenn man ihnen sagt, daß man die und die Operation noch nie gemacht hat. Dies zu verschweigen ist hier ebenso überflüssig, wie es unanständig wäre, denn die Menschen sind alle so fromm, daß man sich schämen müßte, zu lügen.
Als ich hier ankam und das Krankenhaus und das daneben stehende Operationshaus sah, wollte ich schier verzagen und dachte mir: Wie sollst du hier jemals eine aseptische Operation lege artis durchführen? Diese beiden Gebäude sind nämlich die ersten, die bei der Einwanderung gebaut wurden, und wie alle damaligen Bauten sind sie aus Lehm errichtet, vermischt mit Kuhmist, der den Zement ersetzt. Das OP-Haus ist

noch mit Stroh gedeckt, und man hatte ihm meinem Einzug zu Ehren ein neues Dach aufgesetzt.

Nach einer nunmehr dreiwöchigen Operationstätigkeit mußte ich zu meinem größten Erstaunen feststellen, daß von den über 20 aseptischen Operationen, die ich durchgeführt habe, keine einzige verbuttert ist! Der Grund mag darin liegen, daß man gerade wegen der unmöglich durchführbar erscheinenden Asepsis sich doppelt und dreifach anstrengt, damit alles steril bleibt und man keinen Fehler macht. Bevor ich anfange, mich zu waschen, hat die OP-Schwester schon anderthalb Stunden früher den ganzen OP, Böden, Tische, Schränke, Bänke und Hocker abgewaschen. In den OP kommt keiner hinein, der nicht eine OP-Mütze aufhat und ein Mundtuch trägt, auch der Patient und sämtliche Helfer. Man wäscht sich nicht 15 Minuten, sondern 25 Minuten: 15 mit Wasser, 5 mit Sublimat, 5 mit Alkohol. Der ganze OP wird alle vierzehn Tage frisch geweißt, was hier kein Problem ist, da das Verputzen und Weißen sowieso Frauenarbeit ist und alle Schwestern es schon von zu Hause können.

Grundsätzlich operiere ich nur an zwei Tagen in der Woche, nämlich dienstags und donnerstags; für diese beiden Tage lasse ich alles zusammenkommen. Damit sparen wir Zeit und Wäsche, außerdem sparen die Schwestern eine Menge Arbeit mit dem Sterilisieren und Putzen. Nur selten (bis jetzt zweimal) kommen so eilige Fälle, daß man außerhalb dieser Zeit operieren muß. An den drei anderen Vormittagen habe ich Ambulanz. Dabei hilft mir meine Frau; sie macht den Schreibkram und verbindet usw., so daß ich meist alles am Vormittag erledigen kann. Nachmittags haben wir zwei Stunden Schwesternschule. Ich wundere mich immer, daß die Mädchen bei der Hitze nicht einschlafen, aber sie sind so interessiert, daß es bis jetzt noch nicht vorgekommen ist. Wir bilden die Schwestern für alle deutschen Kolonien in Paraguay aus. So ist der Tag rund und ausgefüllt mit Arbeit. Ich vergaß noch zu sagen, daß wir pünktlich um 6 Uhr früh mit Operieren anfangen und meist gegen 9.30 Uhr fertig sind. Um

10 Uhr habe ich dann Röntgenaufnahmen und Durchleuchtungen. Der Apparat ist gut. Das Instrumentarium ist überraschend reichhaltig, aber manche selbstverständlichen Dinge fehlen, so z. B. eine Gipsschere.
Es gibt hier so viele Augenkrankheiten, daß ich eine Station extra dafür aufmachen könnte. Wie froh bin ich für die Ausbildung, und wie froh wäre ich erst, wenn ich noch etwas mehr davon hätte! Brillen verpaßt hier der Apotheker, es ist ein sehr guter und vollständiger Brillenkasten da.
Mit den Narkosen ist es so eine Sache. Der Apotheker macht sie – er ist der Mann, der alles kann, und er kann es tadellos. Leider gibt es aber keinen Äther, kein Chloräthyl, wenig Evipan (Pentotal, wie es hier heißt), so daß wir sehr sparen müssen. Das meiste mache ich in Lokalanästhesie, auch die Blinddarmoperationen. Diese sind, wie bei uns daheim, auch hier das »tägliche Brot«. Ja, es gibt noch mehr davon infolge einer Frucht, Guayava genannt, die voller Kernchen ist, und diese Kernchen haken sich im Blinddarm fest. Dies habe ich festgestellt, bis jetzt war noch keiner darauf gekommen.
Gynäkologische Operationen gibt es natürlich auch eine Menge. Tumoren werden in jedem Fall gleich mit Stumpf und Stiel entfernt, da man keine Möglichkeit hat, bei der Hitze eine Gewebsprobe 750 km weit zur histologischen Untersuchung zu schicken.
HNO-Krankheiten kommen in ebenso rauhen Mengen vor wie Augenkrankheiten. Dies ist eine Folge des ständigen Durchzugs, den man in den Häusern der Hitze wegen macht. Alle Häuser, auch das Krankenhaus, sind so konstruiert, daß die Räume durch das ganze Gebäude gehen und die Korridore außen unter einem Schattendach sind. Man kann von beiden Seiten von außen in ein Zimmer eintreten, und es sind auch auf mindestens zwei Seiten Fenster, damit man Durchzug machen kann.
Am schwersten hat es der Internist. Hier ist eine sehr tüchtige Internistin, die ihre Ausbildung in Rußland erhalten hat und ein gutes Zeugnis für die bolschewistischen Universitäten ab-

legt. Diese Arbeit ist deshalb so problematisch, weil es fast keine Medikamente gibt und die, die erhältlich sind, so unzuverlässig sind, daß man sich nicht getrauen kann, sie z. B. intravenös zu geben. Was aber fängt der Internist ohne Medikamente an? In der Hauptsache handelt es sich um Tropenkrankheiten, vor allem um Malaria und die verschiedenen Parasiten. Transfusionen sind bis jetzt noch nie durchgeführt worden, obwohl ein tadelloses Gerät zur Verfügung steht. Angeblich hat es nicht funktioniert. Es ist ein deutsches Wehrmachtsgerät (Zweiwegehahn). In der Überzeugung, daß bei dem Mangel an Medikamenten die Transfusionen geradezu eine Lebensnotwendigkeit sind, habe ich daher eine Blutspenderorganisation nach deutschem Muster ins Leben gerufen und eine Reihen-Blutgruppenbestimmung gemacht. Da alles Testserum infolge der Hitze auf dem langen Transport verdorben und unbrauchbar war (vielleicht mit ein Grund, weshalb man keine Transfusionen gemacht hat), habe ich Serum von einigen bekannten Leuten genommen und damit die Bestimmungen durchgeführt. (Es hat eine Menge ehemaliger SS-Leute hier mit tätowierter Blutgruppe, da ja alle Volksdeutschen zur Waffen-SS eingezogen worden waren. Diese sind mit den letzten Einwanderern vor drei Jahren gekommen.) Seither haben wir schon viele Transfusionen gemacht, alle mit bestem Erfolg.

Schlangenbisse sind an der Tagesordnung. Man hat aber gutes Serum, und die Menschen sind schon so darauf geeicht, daß sie gleich ins Krankenhaus kommen und sich spritzen lassen.

Überhaupt, »ins Krankenhaus kommen«! 50, 60 km weit durch den Busch sind eine Selbstverständlichkeit; dabei muß man die Wege gesehen haben. Wenn es geregnet hat, sind alle Wege dermaßen schlammig, daß die Wagen bis über die Achsen in der Soße versinken und man sich oft wundert, daß der Patient noch lebend ankommt. Die Einheimischen (»Hiesige« werden sie von den Deutschen genannt im Gegensatz zu den nomadisierenden Indianern) wohnen außerhalb des deutschen Koloniebereichs, kommen also durchweg von weiter als 100 km her, da die Kolonie eine Ausdehnung von etwa 200 km hat. Im Gegensatz zu den Deutschen fahren sie nicht, sondern reiten und bringen jeweils ihre ganze Familie mit Kind und Kegel mit, alle zu Pferd. In ihren Gaucho-Trachten sehen sie malerisch aus. Fragt man einen, wieviel Vieh er hat, so kommt die immer gleiche Antwort: »Poco, poooco« (wenig, weeenig), und wenn man wissen will, was für ihn wenig ist, stellt sich heraus, daß er »nur« 250 Stück Rindvieh hat und etwa 50 Pferde, genau weiß er es nicht. Alle haben Angst, daß man die Operation nach ihrem Vermögen berechnen könnte, und deshalb wollen sie es nicht sagen. Aus alledem können Sie leicht ermessen, einen wie hohen Wert die großherzige Medikamentenspende der Schwester Oberin vom St.-Trudpert-Krankenhaus für uns hat. Unsere Deutschen wollten schier nicht glauben, daß es so etwas gibt, als ich den riesengroßen Karton auspackte. Unserem Apotheker liefen beinahe die Tränen herunter, und er wie alle verantwortlichen Stellen, besonders aber ich, danken hier nochmals aufs herzlichste. Wie oft und gerne ich von Ihnen und der schönen Zeit spreche, die ich bei Ihnen verlebt habe, ahnen Sie gar nicht. Ich war dort doch wie zu Hause.

Fernheim, 18. 2. 1951

Eine ereignisreiche Woche liegt hinter uns. Wir hatten zehn größere Operationen, die zum Teil mit Komplikationen verliefen, so daß ich für zwei Patienten ernstlich besorgt war und einige schlaflose Nächte hinter mich brachte. Aber nun geht es gut, und sie sind über dem Berg. Hier muß man mit so vielen Faktoren rechnen, die es zu Hause nicht gibt, da muß man sich zuerst umstellen. Wie habe ich Gott gedankt, daß doch noch alles gut ablief, denn es wäre mir fürchterlich gewesen, wenn – auch ohne meine Schuld – gleich am Anfang meines Wirkens jemand hätte sterben müssen.
Dann kam der »Große Regen«, genau wie es in dem Buch von

Louis Bromfield beschrieben ist. So etwas von einem Regen habt Ihr noch nicht erlebt. Wahre Sintfluten stürzten sich hernieder, es rauschte und prasselte, blitzte und donnerte Tag und Nacht, daß man meinte, die Welt gehe unter. Häuser standen halb unter Wasser und stürzten ein, weil sie so leicht gebaut sind, Dächer, besonders Strohdächer, drückten sich durch und fielen auf die Bewohner, Straßen waren so überschwemmt, daß man nur mit dem Fuhrwerk oder mit Flößen durchkommen konnte. Es war zum erstenmal eine Temperatur, die im Bett eine Zudecke nötig machte. Die Leute hier trugen gleich Strickjacken und wollene Strümpfe, wir mußten lachen.

Hinterher war das ganze Land wie ein Treibhaus, alles dampfte, und die Natur ringsumher wurde grün, alles wuchs so schnell, daß man fast zusehen konnte. Die Bananen und die Weinstöcke, die ich ums Haus gepflanzt habe, trieben über Nacht neue Blätter, was besonders bei den Bananen auffällt, da sie so groß sind. Ein Blatttrieb von 50–60 cm Länge schießt raus und rollt sich auf in einem Tempo, daß es einfach unglaublich ist. Jetzt fängt man an, Gemüse auszusäen und zu pflanzen. Die Patienten bringen mir allerhand seltene Samen, weil sie wissen, daß ich ein begeisterter Gärtner bin.

Infolge dieses Regens kam auch leider keine Post durch; das Flugzeug konnte nicht landen, weil unsre Rollbahn aufgeweicht war. Wir müssen solche Nachrichten immer nach Asunción an unseren dortigen Wirtschaftsvertreter funken, der auch ein Funkgerät hat.

Gestern haben wir einen Papagei bekommen, ein Indianer brachte ihn uns. Es ist so ein grüner, blau und rot schillernder, wie er im Bilderbuch steht und wie ich mir immer einen gewünscht habe. Nur ist er noch so wild und unerzogen, er beißt und kratzt und schreit wie verrückt, wenn man nur in seine Nähe kommt.

Wenige Kilometer von hier liegt die Kolonie Menno, deren Bewohner von Kanada hierherkamen. Die älteren Leute sprechen noch alle englisch, so daß ich mich meist, wenn sie in die

Sprechstunde kommen, auf englisch mit ihnen verständige; denn obwohl sie sich als Deutsche fühlen, können sie nur Plattdeutsch, Hochdeutsch verstehen sie überhaupt nicht. Diese Menschen gehören einer so strengen religiösen Richtung an, daß sie lesen und schreiben nur aus der Bibel lernen. Sie benützen überhaupt kein anderes Buch, außer dem Gesangbuch. Chorgesang gibt es bei ihnen in der Kirche nicht, es wird nur einstimmig und ohne Musikbegleitung gesungen. Sie singen auch keine weltlichen Lieder. Wenn sie hier mal in die Kirche kommen, sagen sie: »Die Russen singen bunt (mehrstimmig).« Sie reden kaum und blicken stur und ohne zu lachen in die Welt. Dabei steht in der Bibel: »Freuet euch in dem Herrn allewege.« Wie sich das bei denen zusammenreimt, ist mir unklar.

Ganz in der Nähe ist ein Dorf mit Namen Karlsruhe, nach unserm Karlsruhe genannt. Ist das nicht gelungen? Professor Unruh von der Karlsruher Technischen Hochschule zu Ehren ist es so genannt worden, weil er sehr viel für die Mennoniten getan hat, als sie seinerzeit aus Rußland hierherkamen.

Fernheim, 21. 2. 1951

Nun sind schon fünf Wochen vergangen, seit wir unsern Dienst hier am deutschen Krankenhaus in Filadelfia, mitten im Urwald des Gran Chaco, der sogenannten »grünen Hölle«, angetreten haben.

Wir wohnen in einer rein deutsch besiedelten Kolonie; 200 km im Umkreis leben nur Deutsche, außer den nomadischen Indianern im Busch, die aber auch alle deutsch sprechen, so daß man sich eigentlich gar nicht wie in der Fremde vorkommt. Ich meine immer, ich könnte in einigen Stunden daheim sein; dabei sind es 15 000 Kilometer, und wir sind genau vier Wochen unterwegs gewesen hierher, wobei wir das langweiligste Stück durch den Urwaldgürtel sogar umgangen haben, indem wir flogen.

Es leben etwa 12 000 Deutsche hier in kleinen, durch Urwald

voneinander abgetrennten Siedlungen auf verstreuten Steppenflächen, sogenannten Kämpen. Wir haben absolute Selbstverwaltung, eine Autonomie innerhalb eines fremden Staates, die so weit geht, daß man sich gar keine Vorstellung davon machen kann. Die Deutschen brauchen weder Wehrdienst zu leisten noch irgendwelche Steuern zu bezahlen, sie haben ihre eigenen Schulen nach vollständig deutschem Plan, die spanische Sprache wird nur als Fremdsprache auf der höheren Schule gelehrt. Sie dürfen eigene Ärzte aus Deutschland haben, eine eigene Schwesternschule (die hier an unserem Krankenhaus für alle Krankenhäuser der Kolonien in ganz Paraguay ist), einen eigenen Radiosender hier auf der Kolonie und in Asunción bei der Wirtschaftsvertretung der Kolonien. Alles, was man innerhalb von zehn Jahren nach der Einwanderung einführt, ist zollfrei. So geht das »Privilegiengesetz für die deutschen Mennonitenkolonien in Paraguay« noch seitenlang weiter, und man schüttelt den Kopf, wenn man es liest, ohne hier gewesen zu sein. Es hat nämlich seinen ganz bestimmten Hintergrund. Der Chaco, in dem wir leben, ist eine derart trostlose, man kann fast sagen unbewohnbare Gegend, daß alle Versuche im Lauf von zweihundert Jahren, ihn zu besiedeln, kläglich gescheitert sind, bis – ja, bis die Deutschen vor 22 Jahren kamen. Zwar ist er jetzt auch noch nicht schöner, das Klima ist nicht erträglicher, der Urwald ist nicht weniger dicht und wild und die Indianer sind nicht kultivierter, aber er ist besiedelt. Es wächst und grünt und blüht, und die Deutschen vermehren sich wie Sand am Meer. Jede, aber auch jede Familie hat 10–15 Kinder; sie wimmeln weißblond, blauäugig, schmal und hellhäutig herum, arbeiten schon mit zwölf Jahren wie Erwachsene, heiraten mit 18–20 Jahren und vermehren sich dann genau so rasch, wie es ihre Eltern taten. Zwischen 45 und 50 Jahren hat man meistens schon 20–30 Enkel. Es ist unglaublich. Wenn die Jungen heiraten, wird vorher mit Hilfe der Alten ein Stück Buschland oder Steppe gerodet und ein kleines Haus, gerade groß genug für zwei Personen, daraufgesetzt; die Braut bekommt von daheim ein paar Stück Vieh und ein bißchen Hausrat, und los geht's. Begriffe wie »Sexualprobleme« oder so etwas gibt es überhaupt nicht. Die Umgangssprache ist Friesisch-Platt nach dem Herkunftsland Friesland, das die Vorfahren schon vor Luthers Zeiten verlassen haben unter dem Vorreformator Menno Simons (1496–1561), nach dem sie sich Mennoniten nennen. 1,80 m ist ungefähr die Mindestgröße bei den Männern, doch sind 2 m keine Seltenheit. Die meisten sind hager und schlank; es gibt aber auch gewaltige Brocken darunter, die dann im Volksmund »Bottlboom«, »Flaschenbaum« heißen nach einem eigentümlichen Urwaldbaum, dessen Stamm in der Mitte ganz dick ist wie eine Flasche und voll Wasser, das herausläuft, wenn man ihn anzapft.

Die Geschichte der Mennoniten ist eine Geschichte der Wanderungen. Von Friesland zogen sie nach Ostpreußen und in die Danziger Niederung, wo sie etwa 150 bis 200 Jahre lebten, um dann unter Katharina der Großen in der Ukraine zu siedeln. Dort zweigte sich ein Teil ab und zog nach Sibirien und von dort weiter bis an den Amur; ein anderer Teil ging nach Kanada. Aus Rußland, Sibirien und vom Amur kamen zur Zeit der Bolschewisten die ersten Flüchtlinge hierher in den Chaco und gründeten die Kolonie Fernheim; gleichzeitig kamen aus Kanada solche, deren Vorfahren aus Rußland dorthin gezogen waren, ebenfalls hierher und gründeten die Kolonie Menno. Vor jetzt drei und vier Jahren kamen die letzten Ostflüchtlinge aus Rußland bzw. Deutschland und gründeten die Kolonie Neuland. Und alle haben noch immer die alten Namen wie Töws, Klassen, Jansen, Wiens, Legiehn, Dyck, Neufeld, Unruh usw. und sprechen noch immer dasselbe Plattdeutsch, gleich ob sie aus Kanada oder aus Rußland hierhergekommen sind. Die wenigsten haben Deutschland jemals gesehen.

Was uns am meisten freut, ist unsere Arbeit. Es ist so unerhört befriedigend, hier Arzt zu sein, weil man Seltenheitswert genießt. Die Menschen kommen Hunderte von Kilometern auf Pferden geritten oder mit Fuhrwerken hergefahren, oft zehn

Tagereisen weit, um sich operieren zu lassen. Man kann sich denken, daß sie nicht wegen einem »Käsdreck« kommen, sondern weil ihnen wirklich etwas fehlt. Da es keine Kassen, keine Renten, keine Unterstützungen gibt, gibt es auch keine Simulanten. Wundervoll! Es ist gerade so, wie ich es mir immer gewünscht habe, und ich werde damit für alles, was wir an Zivilisation und Kultur entbehren, reichlich entschädigt. Bemerkenswert ist in diesem Zusammenhang übrigens, daß wir die großen Dinge wie z. B. Theater, Konzerte, Kino, Auto und schöne Restaurants, ferner gekacheltes Bad, Wasserspülung usw. gar nicht so sehr vermissen wie manche kleinen Dinge, die wir früher nie sonderlich beachteten. Was ich mir jetzt im Augenblick wünschen würde, wenn ich die Wahl hätte, ist eine ganz gewöhnliche Wiese mit Blumen und ein kleiner Talgrund mit einem Bach, einem ganz gewöhnlichen Bach, keine heroischen Berge, kein rauschendes Meer, nein, Wiese und Bach...

Arbeit gibt es in Hülle und Fülle, sie geht nie aus. Es spielt kaum eine Rolle, wie klein das Krankenhaus ist, da wir die Patienten viel früher entlassen als zu Hause. Erstens müssen sie es selber bezahlen, und da wollen sie schon von selbst nicht länger dableiben als nötig ist. Zweitens ist die Heildauer kürzer als daheim. Das ist für mich ein Phänomen, denn der allgemeine Gesundheitszustand ist gar nicht gut, hauptsächlich infolge der verschiedenen Tropenkrankheiten, die die Menschen ziemlich ruinieren. Über 50 % der Bevölkerung ist malariaverseucht. Mir geht es gut hier, ich fühle mich trotz der Siedehitze wohl und leistungsfähig. Wenn es mir manchmal zu toll werden will, denke ich an die in Rußland im Kriege verlebten Winter und bin froh und glücklich, daß ich schwitzen kann anstatt zu frieren.

Erika hilft mir in der dreimal in der Woche stattfindenden Ambulanz, was mir eine rechte Erleichterung ist. Da sitzen sie, ganze Sippen, und warten, bis der Patient wieder gesund mit nach Hause kann. Die Gemeinde hat dafür eigens Grundstücke mit kleinen Häusern darauf zur Verfügung gestellt, wo

die Familienangehörigen wohnen können, denn Hotels oder Restaurants gibt es nicht. Da gibt es einen »Spanischen Hof« für die Paraguayer, die von jenseits unseres deutschen Koloniebereichs herkommen, also oft über 200 km, einen »Menno-Hof«, einen »Neuländer Hof«, jeweils für die Bewohner dieser Kolonien. Man kann sich einen Begriff machen, was eine solche Reise durch den Busch bedeutet, wenn man, wie ich letzten Sonntag, eine Fahrt von 35 km gemacht und dazu fünf Stunden benötigt hat. Nach einer solchen Fahrt ist man vollständig erledigt. Mit einem Auto, auch einem geländegängigen, kann man nur bei anhaltendem Trockenwetter fahren, sonst mit Pferdefuhrwerken und bei ganz schlechtem Wetter mit Ochsenkarren. Die größeren Entfernungen, z. B. nach der Hauptstadt Asunción, legt man mit dem Flugzeug zurück. Für die 500 km lange Luftstrecke braucht man nur zwei Sunden, also nicht einmal halb so lang wie für 35 km über Land. Alles ist hier so grotesk.
Für die Innere Abteilung mit Tropenkrankheiten, die das Hauptkontingent stellen, und für die Geburtshilfe ist Frau Dr. Tavonius an unserem Krankenhaus, mit der ich sehr gut auskomme. Sie ist eine fabelhafte Frau. Sie kommt auch aus Rußland, stammt aber aus einer alten schwedischen Arztfamilie. Sie hat einen eigenen Sohn und dazu vier Pflegetöchter, Waisen, die sie alle aus Rußland mitgenommen hat, als sie vor den Bolschewiken fliehen mußte. Abgesehen davon, daß sie beruflich viel kann, spielt sie auch noch wundervoll Klavier – ja, so etwas gibt es hier inmitten des Urwalds auch.

Fernheim, 1.3.1951

Inzwischen ist wieder etwas Neues passiert: Die Heuschrekken sind gekommen! So etwas könnt Ihr Euch gar nicht vorstellen. Es ist, als ob der Himmel schwarz würde wie bei einem schweren Gewitter. Dann schwirrt die Luft, und plötzlich ist alles voll von Tausenden und Abertausenden von Viechern, die so groß wie kleine Vögel sind. Wo sie sich niederlassen, ist die Erde braun, und in fünf Minuten ist alles ratzekahl gefressen. Ausgerechnet in meinen Garten fielen sie ein. Aber ich hatte Glück: Es hatte kurz vorher geregnet, und das Unkraut war zart und frisch herausgekommen; das haben sie vorgezogen und die guten Pflanzen – mit Ausnahme von ein paar Mammonenbäumchen – verschont. Auch bei unsern Bauern haben sie im Verhältnis zu früheren Jahren relativ wenig Schaden angerichtet.

Übers Wochenende fuhren wir zu Dr. Rakkos Geburtstag in die Kolonie Neuland. Da es vorher stark geregnet hatte, konnte man nicht einmal mit dem geländegängigen Jeep fahren, sondern wir mußten ein Pferdefuhrwerk nehmen, um durch die Schlammstellen im Busch durchzukommen.

Bei Rakkos hat es uns gut gefallen. Dies sind so nette und aufgeschlossene Menschen, auch sehr begeistert für Deutschland, obwohl sie es nur in der traurigsten Verfassung während und nach dem Kriege kennengelernt haben. Sie singen ebenso gern wie wir, und so haben wir die ganze Zeit in den höchsten und tiefsten Tönen geschmettert.

Das Land ist dort – wie der Name sagt – noch neu, und es ist alles so weit und frei, ungehindert schweift der Blick bis zum Horizont, während er bei uns durch die allerwärts stehenden Schattenbäume überall eingeengt ist. Die Neuländer wären natürlich froh, wenn sie auch schon Schattenbäume hätten, aber für uns war es eine Abwechslung. Das Krankenhausgelände ist dort nach einer Seite hin noch richtiger Busch. Man hat aber das eigenartige Gefühl, es sei eine Parklandschaft, und kann sich nicht vorstellen, daß das die Wildnis ist.

Denkt einmal: Nicht nur gibt es hier keine Polizei, sondern die paraguayische Polizei hat auch keinen Zutritt, außer mit der ausdrücklichen Genehmigung des Oberschulzen. So eine ehrliche Welt! Wir können uns immer noch nicht daran gewöhnen, daß man die Türen nicht verschließen kann. Einer lebt hier, der hat um sein Gartentor eine Kette gelegt und ein Vorhängeschloß daran gemacht, aber man kann mit einem Schritt über den Zaun steigen, es ist zum Lachen.

Fernheim, 7. 3. 1951

Inzwischen hat sich an Neuem bei uns bloß dies ereignet, daß wir einen Eisschrank bekommen haben, ein prächtiges Ding, groß und modern. Er arbeitet auf dem Prinzip der Ammoniakverdampfung und wird mit Petroleum betrieben anstatt mit Elektrizität, weil ja bei uns nachts kein Strom gegeben wird (um 22.30 Uhr geht das Licht aus). Na, Ihr könnt Euch ja vorstellen, oder vielmehr Ihr könnt es nicht, was das hier bedeutet bei der Hitze, einmal statt der ewig lauwarmen Zitronenwässerle etwas Eisgekühltes zu trinken! Ihr seht, was für vornehme Leute wir geworden sind. Wir haben das schönste Haus, das höchste Gehalt und den einzigen Eisschrank im Umkreis von Hunderten von Kilometern! Lauter Sachen, die – außer dem Haus – daheim selbstverständlich wären, und hier scheinen sie einem so hell in die Augen.

Vorgestern kam ein Kind ins Krankenhaus aus einer Familie, die ein trauriges Schicksal erlitten hat. Eltern und fünf Kinder sind damals 1943 mit den volksdeutschen Trecks aus der Ukraine herausgekommen. Der Vater wurde eingezogen, die Mutter lebte mit den Kindern in der englischen Zone. Zufällig kam der Vater in englische Gefangenschaft, aber die Engländer lieferten ihn an die Russen aus. Seither fehlt jede Nachricht. Die Frau hat es durch Nachforschungen aus London erfahren. Sie hat hier ganz allein ein Stück Land gerodet und bewirtschaftet es auch selber.

Noch einen ähnlichen Fall kenne ich, einen Patienten, der auch zum Kommiß eingezogen und von seiner Familie getrennt wurde, als die Deutschen nach Rußland kamen. Viele Jahre hörten sie nichts voneinander. Er kam in amerikanische Gefangenschaft und ging, als er entlassen wurde, mit den Mennoniten hier herüber. Hier tat er sich mit einer Frau zusammen, die auch von ihrem Mann nichts wußte. Jetzt hat er kürzlich erfahren, daß seine Frau in Rußland lebt, und obwohl ja ein Zusammenkommen der beiden so unmöglich ist, wie daß Berg und Tal zusammenkommen, so ist doch die Verzweiflung groß, besonders weil sie von allen schief angesehen werden und man von ihnen erwartet, daß sie sich nun wieder trennen sollen, obwohl sie bereits zwei Kinder haben.

Fernheim, 31.3.1951

Am Osterdienstag (hier sind drei Feiertage) haben wir mit dem Jeep eine Reise in die Kanadierkolonie Menno gemacht und einen früheren Patienten besucht, der einen sehr großen Hof hat. Die Leute haben zwölf Kinder, davon sind acht verheiratet, und 37 Enkel, alle waren zu Ostern da. Das Gewimmel hättet Ihr sehen müssen! Jetzt haben sie nur noch einen 15jährigen Jungen zu Hause und eine Tochter, die kränklich ist, und kommen ihrer Arbeit gar nicht mehr nach, da der Hof viel zu groß ist, 100 Hektar Land und einige 100 Stück Rindvieh, 800 Hühner und eine große Obstplantage. Der Mann ist sein ganzes Leben lang sehr rührig gewesen; in den 23 Jahren seines Hierseins hat er das alles mit seiner Frau ganz allein aufgebaut (damals kamen sie von Kanada), und nun will keines der Kinder den Hof übernehmen, alle wollten neu anfangen zu roden und ihr Eigenes selbst zu erwerben, gerade umgekehrt wie bei uns daheim. Jetzt verkommt der Hof allmählich, weil keine Arbeitskräfte mehr da sind, auch Indianer gibt es wenig, so daß der Mann ganz traurig ist und am liebsten alles verkaufen möchte. Nur tut es ihnen leid um den schönen Blumengarten, den die Frau angelegt hat und der wirklich eine Sehenswürdigkeit ist, der reinste botanische Garten. So viele fremde Blumen habe ich noch nirgends gesehen und dazu noch die europäischen wie Rosen, Dahlien und Nelken, wunderbar! Ich habe mir eine Menge Setzlinge mitgenommen.
Die Menno-Leute haben plötzlich den Ehrgeiz bekommen, selbst ein Krankenhaus zu haben mit einem Chirurgen, damit sie nicht mehr in unsere Kolonie gehen müssen, wenn sie krank sind. Da sie keinen deutschen Arzt bekommen konnten, haben sie einen »Hiesigen« aus Asunción verpflichtet,

was ganz gegen die Gewohnheit der deutschen Kolonisten ist und von allen anderen schärfstens verurteilt wird. Unser Oberschulze hat sich schwer ins Zeug gelegt, um es zu verhindern, aber sie hatten schon den Vertrag abgeschlossen und konnten nicht mehr zurück, auch wollten sie gar nicht. Das Dumme ist, daß sie keine Schwestern kriegen und wir ihnen von uns welche abgeben sollen, aber es will keine hin. Der Arzt kann natürlich kein Wort Deutsch, und dort kann niemand Spanisch, da sie das ablehnen; sie sind ja schon aus Kanada fortgegangen, weil sie sich weigerten, Englisch zu lernen. So haben sie keine Schwestern, aber ein wunderhübsches Krankenhaus mit 15 Betten. Natürlich ist keinerlei Einrichtung für einen Operationsbetrieb da; die haben ja keine Ahnung, was das kostet. Für mich ändert sich nicht viel, außer daß ich vielleicht weniger Arbeit habe, vorausgesetzt, daß der Laden dort überhaupt in Gang kommt.
Diese Woche habe ich meinen ersten »schwarzen Bauch« operiert, einen Mischling mit drei Vierteln Neger- und einem Viertel Indianerblut, der so schwarz ist, daß man nicht einmal das Jod auf der Haut gesehen hat. Ich mußte lachen, als mir einfiel, daß mich vor der Abreise jemand gefragt hat, ob ich auch schwarzen Faden eingepackt hätte, und auf meine Frage, wofür, antwortete: »Na, um die schwarzen Bäuche zuzunähen!« Hier hätte ich tatsächlich schwarzen Faden nehmen können.
Zum ersten Mal habe ich auch eine Indianerin behandelt, eine Häuptlingsfrau aus dem Lager gleich am Rand von Filadelfia, vielleicht hundert Meter von meinem Haus entfernt. Sonst wollen die in dieser Hinsicht nichts von uns wissen, weil sie ihre eigenen Medizinmänner haben, Zauberer, von denen sie in Furcht und Schrecken gehalten werden, so daß sie sich gar nicht getrauen, einen anderen Arzt zu holen. Nun hatten aber schon alle Zauberer die Frau aufgegeben, was gemeinhin bedeutet, daß der Patient auch von seinen Angehörigen aufgegeben wird; man läßt ihn einfach auf der Erde liegen und gibt ihm nichts mehr zu essen und zu trinken, weil

man glaubt, es seien böse Geister in ihm. Aber der Häuptling ist schon so von der Kultur beleckt oder hat seine Frau so gern – was weiß ich –, daß er mich holen ließ. Die Frau war wirklich moribund; sie lag buntbemalt, aber fahl auf der Erde und gab kaum Zeichen von Leben von sich. Die Zauberer saßen mit finsteren Mienen herum und starrten, was ich mache. Ich horchte sie ab und stellte eine Lungenentzündung fest und verordnete Sulfonamide zum Einnehmen und eine Zudecke, weil sie ganz nackt dalag. Eigentlich wollte ich sie ins Krankenhaus nehmen, aber da weigerten sie sich entschieden, sie wollen in kein Haus hinein. Dann verordnete ich noch größte Ruhe, weil überall die Klageweiber herumstanden und -lagen und in den greulichsten Tönen heulten, aber ohne jegliches Zeichen von Schmerz oder Trauer in ihren Mienen. Als die endlich still waren, schickte ich mich an zu gehen. Da sah ich, wie die sieben Zauberer, zwei junge und fünf alte, sich sofort rund um die Patientin auf die Knie niederließen und die Köpfe auf die Erde senkten. Der älteste fing eine schauerliche Litanei an, die anderen fielen im Sprechchor ein, und alle Indianer des Lagers standen mit angstverzerrten Gesichtern herum bis auf zwei kleine Nackedeis, die mit zwei ebenso kleinen Böckchen fröhlich umherhüpften und sich freuten, so als ob sie das ganze Trauerspiel nichts anginge. Die Medizinmänner hatten sich also über die Konkurrenz geärgert, oder vielleicht fürchteten sie für ihr Prestige, und da probierten sie noch einmal, die Sache in die Hand zu nehmen, um dann nachher, wenn die Patientin durch die Sulfonamide gesund geworden wäre, sagen zu können, sie hätten sie gesund gemacht und nicht ich. Als ich aber abends wiederkam, ging es viel schlechter; die Frau weigerte sich, Pulver zu schlucken, man sah, es ging zu Ende. Die Zauberer waren endgültig fortgegangen, zurück zu ihren eigenen Stämmen. Der Häuptling fragte durch Zeichen und ein bißchen Plattdeutsch, ob ich ihr nicht Spritzen geben könne. Ich dachte, wenn's nichts hilft, schadet's auch nichts, und gab ihr Penicillin, worauf sie dann wirklich durchkam, so daß sie jetzt schon bald wieder gesund ist. Daraufhin kamen noch andere Kranke mit Malaria usw. und wollten behandelt sein und Medizin erhalten. Sie scheinen sehr beeindruckt zu sein.

Fernheim, 16.4.1951

Urplötzlich ist der Herbst gekommen, und es ist so kalt geworden, wie wir es nie zu hoffen gewagt hätten – morgens hat es 4 Grad über Null und mittags vielleicht 20, wenn es hoch kommt. Nachts haben wir eine Daunen- und eine Wolldecke über uns, tags rennen wir mit dem Strickjäckchen und mit Wollstrümpfen herum. Alles friert, nur Erika lebt auf, sie sagt immer nur ah und oh, ist das schön, so kalt!
Wenn ich morgens aufwache, räkle ich mich im Bett und denke: Ah, wie herrlich, jetzt an die Arbeit gehen zu können, ohne sich fragen zu müssen: Was hat der Herr Chefarzt oder die Frau Oberin heute wieder für eine Laune? Ohne gewärtig sein zu müssen, daß alles, was man gemacht hat, als falsch hingestellt wird und man vor Patienten und Schwestern blamiert wird. Und ohne Angst haben zu müssen, daß irgend jemandem plötzlich einfällt, man habe eine zu lange Nase, und man deswegen gekündigt wird und brotlos dasitzt, wie es mir ja ergangen ist. Aber gerade so schön ist es zu wissen, daß niemand vor einem selber Angst zu haben braucht, daß Schwestern und Mitarbeiter sich schon freuen, bis man kommt, und jeder denkt: Gott sei Dank, wir haben einen Arzt, und er ist ein guter Vorgesetzter.
Als ich kam, habe ich den Schwestern und dem Personal eine Ansprache gehalten und gesagt: »Es war immer mein Wahlspruch, was in 1. Korinther 13 steht, sowohl als ich Untergebener war, wie als ich Vorgesetzter war (beim Militär), und ich habe immer Erfolg gehabt damit. Fürchten Sie nicht, daß ich Sie anschnauze, weder berechtigt noch unberechtigt. Aber denken Sie immer daran, daß Sie sich schämen müßten, wenn Sie es mir mit Pflichtvergessenheit lohnen würden. Nicht einmal meine Soldaten haben mich hierin enttäuscht, und sie

hatten keine christliche Einstellung zu ihrem Dienst, so wie Sie.« Und ich muß sagen, der Laden klappt wie am Schnürchen. Es ist in jeder Hinsicht ein leichtes Arbeiten.
Die Wasserfrage ist nicht schlimm. Das Zisternenwasser schmeckt gar nicht faulig oder muffig, wie man meinen sollte; auch ist es ganz klar. Neulich haben wir einmal die Idee gehabt, als es regnete, wir müßten ganz frisches Wasser zum Trinken in einen Eimer sammeln, um den Unterschied zu sehen bzw. zu schmecken. Aber dieses Wasser war ganz braun und schmeckte erdig, so daß wir es gar nicht trinken mochten. Zuerst ekelten wir uns immer vor den Fröschen, die in der Zisterne herumschwimmen, aber die Leute sagten uns, das müsse so sein, die würden allen Dreck und alles Ungeziefer auffressen, deshalb sei das Wasser in der Zisterne so klar. So lassen wir die Frösche denn weiterpatschen und sind froh an ihnen. Die Duschen sind ganz einfach: ein oben offener Wasserbehälter, der unten eine Brause wie von einer Gießkanne hat. Man schüttet einen Eimer Wasser hinein, und wenn man an einem Faden zieht, geht innen ein Stöpsel von der Brause los, und es läuft. Man glaubt gar nicht, welche Menge ein Eimer Wasser ist, wenn man duscht, dagegen als Bad ist es gar nichts.

Fernheim, 28.4.1951

Ich muß mich auch einmal entschuldigen, daß ich alle Briefe mit der Maschine tippe und gar nicht mehr mit der Hand schreibe. Aber es ist nicht allein, um Platz zu sparen, sondern sämtliche Füller, die wir mitgenommen haben, fünf an der Zahl, funktionieren nicht mehr. Sie haben wohl den Tropenkoller wie auch unsre Uhren, die wir gar nicht mehr benützen. Morgens tutet hier um 6 Uhr die Sirene des Industriewerkes, danach richten sich alle Leute. Die Fabrikuhr bekommt ihre Zeit über das Radio aus Asunción gefunkt, der Sender steht im Haus gegenüber von uns.
Gestern hatten wir eine Feier: Die Lernschwestern dieses

Jahrgangs, die nun ein halbes Jahr da sind, wurden eingekleidet. Wir hatten den Lehrsaal festlich geschmückt mit Zweigen an den Wänden und in hohen Bodenvasen, die Stühle stellten wir im Halbkreis, und auf einem Tisch vorn in der Mitte lagen die Hauben. Außer den Schwestern waren noch viele Gäste da. Zuerst sangen wir gemeinsam »Ein Tagwerk für den Heiland«. Dann habe ich zwei Gleichnisse aus der Bibel verlesen, nämlich das vom barmherzigen Samariter und das von den Arbeitern im Weinberg, die alle gleich entlohnt wurden, und habe darüber eine kleine Ansprache gehalten: wie sich sicher viele von ihnen das erste Gleichnis als Leitmotiv genommen hätten, als sie diesen Beruf erwählten, wie sich aber sicher wenige ein Bild gemacht hätten, wie schwer dieser Beruf ist und welche Opfer er verlangt, aber wie sie sich auf der anderen Seite sicher auch nicht vorgestellt hätten, wie schön und beglückend er sein könne, wenn man ihn recht ausübt. Es sei nicht damit getan, den Patienten das Essen und die Bettschüssel zu bringen, die medizinischen Verordnungen genau zu erfüllen und die Betten zu machen, sondern dies seien eigentlich nur die Mittel zu dem Zweck, den Patienten zu gewinnen, daß er ihnen sein Inneres erschließe, so daß sie ihm auch in den Nöten seiner Seele beistehen und ihm neuen Mut und neue Kraft spenden könnten. Und das zweite Gleichnis hätte ich gewählt, um ihnen zu zeigen, daß sie sich nichts darauf zugute halten sollten, wenn eine vielleicht etwas gescheiter oder jünger oder kräftiger oder flinker sei als die andere. Diese habe vielleicht andere Vorzüge, die die ihren reichlich aufwögen, zum Beispiel ein größeres Pflichtbewußtsein oder mehr Freudigkeit zum Dienst. Eine jede habe ihre Gaben von Gott erhalten und müsse sie voll zur Entfaltung bringen und auf dem Gebiet, das ihr liege, ihr Bestes leisten. Die Hauben bekämen sie jetzt schon, obwohl sie noch keine gelernten Schwestern seien, da sie mit der Haube aufhörten, ein Fräulein zu sein. Es sei für die Patienten nicht angenehm, von einem Fräulein gepflegt zu werden; dagegen, wenn sie die Haube aufhätten, seien sie für den Patienten ein

Neutrum wie auch der Doktor, und wie es auch umgekehrt für uns keine männlichen oder weiblichen Patienten geben dürfe, sondern nur sächliche, so daß auf beiden Seiten kein falsches Schamgefühl aufkomme und wir frei und ungeniert all die Verrichtungen am Patienten ausführen können, die für sein Wohl notwendig sind. Dann betete der Apotheker mit uns – er ist ein sehr frommer Mann –, und danach sangen fünf Schwestern:

In der Welt ist's dunkel, leuchten müssen wir,
du in deiner Ecke, ich in meiner hier.
Sieh, an jedem Orte gibt es was zu tun,
wo die echte Liebe nie kann müßig ruh'n.

Wirke du im stillen fröhlich da und dort,
tue Gottes Willen treu an jedem Ort.
Mit der Treu' im Kleinen ehrst du Gott, den Herrn,
so nur wirst du scheinen als ein heller Stern.

Eine Schwester hatte ein Gedicht gemacht, eine andre trug es vor, und schließlich setzten Frau Dr. Tavonius und die Oberschwester die Hauben auf die Häupter.
Danach gab es Kaffee und Gebäck; man blieb gleich auf den Stühlen im Halbrund sitzen, weil nicht genug Platz war für Tische. Darauf folgte der lustige Teil. Ich hatte mit einigen Schwestern ein paar Sketche einstudiert, wie wir sie daheim auch manchmal aufgeführt haben, alle waren natürlich entsprechend kostümiert, und die Leute haben nicht schlecht gelacht. Zwischendrin sangen wir Volkslieder, die sie alle schon an den Sonntagabenden bei uns gelernt haben; der Apotheker hat sie abgetippt, hektographiert und in kleine Heftchen zusammengebunden. Es war ein sehr schönes Festchen, und es hat allen gut gefallen.

Fernheim, 29.4.1951

Samstags schließt hier alles um 12 Uhr: der Laden, die Molkerei, die Post, das Krankenhaus (außer für dringende Fälle). Die Menschen machen Wochenendbesuche, und wenn man, wie ich gestern, durch den Busch fährt, trifft man lauter reisende Leute, dabei auch Fünfundsiebzig- und Achtzigjährige, die zu ihren Verwandten und Freunden unterwegs sind. Man meint, die Menschen hätten gar kein Gefühl für die Strapazen, die eine derartige Urwaldfahrt mit sich bringt! Ich staune immer über die Pferde, die Strecken von oft 50 oder 60 km in einem Zug bewältigen, ohne gefüttert oder getränkt zu werden, immer im Trab außer an den Schlammstellen, und am andern Tag schon wieder zurück. Die Hufe haben sie nicht beschlagen, der Boden ist so weich, daß das nicht nötig ist.
Die Fahrt nach Neuland war diesmal so angenehm wie noch nie, wahrscheinlich weil es so schön kühl ist. Die Wege waren trocken und gar nicht holprig, die Kutsche war gut gefedert. Rakkos überboten sich wie immer in freudiger Aufnahme; so herzliche Menschen wie diese beiden habe ich kaum je kennengelernt. Natürlich haben wir die ganze Zeit über fast nur gesungen, vierstimmige Volkslieder. Heute früh waren wir im Gottesdienst, der dort in Halbstadt mangels Kirche in der Schule stattfindet, die keine Fenster hat, sondern nur Öffnungen mit Läden, ganz armselig und primitiv. Aber der herrlich volle Gemeindegesang hat alles vergoldet. Ich bin immer ganz erschüttert, wenn ich unter diesen Menschen sitze, die soviel erduldet haben, aber aus voller Kehle singen: »Lobe den Herren, den mächtigen König der Ehren«, »Welch ein Freund ist unser Jesus«, »Ich bete an die Macht der Liebe« und andere Choräle. Gepredigt hat der für Südamerika zuständige Vertreter des Mennonite Central Committee (MCC), einer internationalen Hilfsorganisation, die sich besonders um die aus Rußland Geflüchteten verdient gemacht hat. Er ist ein 30jähriger Kanadier, der vier Jahre in Deutschland – auch in Pforzheim – war und viel für die Mennoniten getan hat, und nun

wieder heim nach Kanada geht, um Theologie zu studieren. Er sprach über das Leid, warum und wozu Gott es uns schickt. Ich habe noch keine so schöne Predigt gehört, seit ich hier bin; es war ein Erlebnis.
Im Chaco ist es jetzt Herbst. Wenn das Laub sich auch nicht färbt, merkt man doch deutlich, daß die Natur eine Ruhezeit einschiebt; es ist, als stehe alles Wachstum still. Seit Wochen haben wir keinen Regen gehabt. Trotzdem ist es immer noch kühl, nur gegen Mittag wird es schwül und dämpfig. Seit einer Woche lebt der ganze Ort nur bei Petroleumlicht, weil die Lichtmaschine repariert wird. Wir im Haus vermissen das elektrische Licht kaum, denn wir haben ja »Aladins Wunderlampe«, die vollkommen ruß- und geräuschlos ein angenehmes gelbes Licht verbreitet. Aber im Krankenhaus ist die Dunkelheit doch recht störend.

Fernheim, 12.5.1951

Diese Woche gibt es wieder allerhand zu erzählen. Gestern machte ich eine Reise mit dem Auto. Der Oberschulze, sein Adlatus, der Apotheker und ich fuhren mit einem Chauffeur auf die Kolonie-Viehstation, die etwa 100 km von hier entfernt ist. Auf der ganzen Strecke kamen wir nur durch drei oder vier wie verloren im Urwald liegende Dörfer, jedes mit sieben oder acht Höfen. In einem dieser Dörfer wohnt ein Patient von mir, der Lehrer (natürlich auch nebenher Bauer, wie alle hier), mit dem ich einmal ein schlaues Erlebnis hatte. Er hatte ein Magengeschwür und war schon stark ausgeblutet. Ich schlug ihm daher vor, ihm eine Transfusion zu machen, wohl wissend, daß die Leute hier sehr dagegen eingenommen sind. Ich dachte, eines oder zwei seiner Kinder dazu zu nehmen, weil ich meinte, er wäre dann vielleicht eher einverstanden. Daher fragte ich ihn: »Onkel Hiebert, haben Sie Kinder?« (Man sagt hier zu älteren Leuten Onkel und Tante.) »Kinder? Jaaaa, Kinder hab ich.« Die Menschen sprechen hier ja alle so langsam und gedehnt. »Na, wie viele haben Sie denn?« Da legte er erst einmal den Finger an die Nase, dachte eine Weile nach und sagte dann: »Meinen Sie im ganzen?« – »Ja«, sagte ich, »gibt es denn auch Kinder im halben? Das habe ich bis jetzt gar nicht gewußt.« Was damit gemeint war, habe ich erst später erfahren, es ist ein gängiger Ausdruck hier. »Na, im ganzen hab ich 15«, sagte er. »So können Sie einmal acht oder zehn kommen lassen, damit wir sie untersuchen, ob sie als Blutspender geeignet sind.« – »Ja, das kann ich wohl.«

Wir telefonierten also in das nächste telefonisch erreichbare Dorf und ließen es der Familie ausrichten. Erst hörten wir nichts, aber dann, drei Tage später, kamen drei Fuhrwerke voll Menschen. Sie fuhren am Krankenhaus vor und sagten, sie seien die Familie von Onkel Hiebert und kämen zum Blutspenden. Es waren die Frau und zehn Kinder, etliche davon mit ihren Frauen oder Männern und teilweise fünf bis sechs Kindern und Säuglingen, die sie ganz ungeniert stillten. Alle saßen vor der Ambulanz auf den Bänken und sämtlichen sonstigen Sitzgelegenheiten, die wir hatten. Von der ganzen Menschenmasse konnten wir dann schließlich zwei zum Blutspenden brauchen; alle anderen hatten entweder Malaria oder waren selbst zu blutarm.

Jetzt will ich geschwind noch erzählen, was es mit den »ganzen Kindern« auf sich hat. Wenn man hier jemanden fragt, wie viele Kinder er habe, kann man zur Antwort kriegen, es seien vier oder drei. Wenn man dann sagt: »So wenig?« heißt es: »Ja, wir hatten ja dreizehn, aber jetzt haben wir nur noch drei.« – »Was, alle gestorben?« – »Nein, zehn sind verheiratet.« Man sagt also nur, wie viele man noch zu Hause hat, und wenn man denkt, jemand wolle wissen, wie viele Kinder es insgesamt sind, äußert man eben diese ulkige Frage, die Onkel Hiebert damals stellte.

Nun wieder zu meiner Reise. Unterwegs kamen wir durch sogenannte Wasserkämpe. Der Busch lichtet sich plötzlich, und vor einem liegt eine herrlich grüne Wiese, ganz wie man sie von zu Hause her in Erinnerung hat und wie man sie sonst nirgends hier sieht. Darauf stelzen massenhaft Flamingos und andere Wasservögel herum, die auffliegen, wenn sich das Auto nähert. Kommt man an die Wiese, so hört der Weg plötzlich auf, und man sieht, daß alles sumpfig ist. So fährt man auf gut Glück los in der Hoffnung, nicht einzusinken. Einmal blieben wir denn auch stecken und mußten erst mit Axt und Schaufel losziehen und Stämme schlagen und Wasenplatten abstechen, um das Auto wieder flottzumachen. Das Schwierigste war, den Wagenheber darunterzukriegen, denn ohne feste Unterlage hätte man ihn ja gar nicht ansetzen können. Nach über einer Stunde waren wir zum Glück wieder fahrbereit, denn Hilfe herzuholen ist unmöglich; man kann nicht zu Fuß 30 oder 40 km durch den Busch ins nächste Dorf gehen, und auf diesem wenig befahrenen Weg kommt tagelang keine Menschenseele vorbei. Im Busch war denn auch der Weg wie ein Tunnel, teilweise schon zugewuchert, so daß nur ganz schwach zwei Wagenspuren zu sehen waren; das war die ganze Fahrbahn.

Endlich kamen wir an unser Viehstationsgelände. Es ist 45 km lang und 25 km breit, also über 1000 qkm groß und ganz eingezäunt. Darauf leben der von der Kolonie angestellte Estanciero (Verwalter) mit seiner Familie, sein Gehilfe mit Familie, einige Peone – so nennt man die Viehhirten – und ein Mann, der die Palisanderextraktfabrik leitet, die sich auch hier befindet und die er mit zwei jungen Männern betreibt. Auf diesem Gelände wachsen sehr viele Palisander, und die Kolonie hat die Fabrik angelegt, weil der Extrakt viel Geld einbringt. Stündlich wird ein Kilo produziert, Tag und Nacht. Der Extrakt wird, glaube ich, zu Weihrauch verarbeitet, denn es riecht danach; genau konnte aber keiner sagen, wofür es ist. Die Anlage besteht aus einer Dampfmaschine; diese treibt eine Holzschneide- und Raspelmaschine an, auf der das Palisanderholz zu Spänen verarbeitet wird. Die Späne kommen in 5 m hohe Öfen, wo sie eingeweicht und mit Dampf durchtränkt werden. Das aromatische Öl wird zugleich mit dem Wasser frei und läuft durch eine Kühl-

schlange, wo es sich unten vom Wasser absetzt. Dann wird es eingedickt, so daß es etwa wie Wachs ist. Das nötige Wasser, um die ganze Maschinerie in Betrieb zu halten, kommt – jetzt der Clou der ganzen Reise! – aus einem daneben befindlichen See, der ganz klares Wasser hat und tief genug ist zum Schwimmen. Könnt Ihr Euch vielleicht vorstellen, daß mir dieser See wie eine Fata Morgana vorkam, nachdem ich seit vier Monaten nur Zisternenwasser gesehen hatte? Nun, es war aber richtiges und kühles Wasser, und ich zog mich sofort aus und sprang hinein und schwamm hinüber und herüber. Mir war's ganz wurscht, ob Viecher oder irgendwelche Schlingpflanzen drin waren. Ich konnte der Versuchung einfach nicht widerstehen. Es war aber gar nichts drin, alles war wunderbar, ein herrlicher Genuß, und ich fragte unseren Oberschulzen, warum die Unglücks-Mennoniten denn nicht hier ihre Kolonie angelegt hätten, wo man tatsächlich auch leben kann und nicht bloß vegetieren wie in Filadelfia, wo alles so trocken ist wie in der Wüste Sahara. Er lachte und sagte, damals sei dieses Gebiet noch nicht erforscht gewesen, aber man habe vor, etliche Dörfer hier anzulegen. Auf tausend Quadratkilometern ist ja genug Platz.
Unsere Reise hatte einen ganz besonderen Zweck. Der Estanciero, der die Farm mit ihren etlichen tausend Köpfen Vieh bewirtschaftet, hatte eine Frau, der es dort zu einsam wurde, was man ja verstehen kann. Und so haute sie eines Tages mit einem seiner Peone ab und ließ ihn mit seinen vier Kindern, drei Jungen und einem Mädel, sitzen. Nachdem er einige Jahre gewartet hatte, ob sie nicht zurückkäme, schloß er, als sie mit dem anderen schon drei Kinder hatte, einen Vertrag mit ihr, daß jeder seine Freiheit wieder habe, keiner an den andern irgendwelche Ansprüche stelle usw., kurz, so eine Art Scheidungsvertrag, da es ja hier in Paraguay keine gesetzliche Scheidung gibt. Weil er in dieser Einöde auf die Dauer nicht ohne Frau leben konnte, besonders auch wegen der Kinder, holte er sich aus Asunción eine Frau, auch eine Mennonitin, zog sich und ihr einen Ehering an und fertig. Wir können so

etwas ja verstehen, denn denkt Euch doch einmal in die Lage dieses Mannes in der Wildnis hinein. Aber hier unter den Mennoniten nehmen sehr viele Anstoß und wollen ihn aus dem Kolonieverband ausstoßen. Da er aber ein tüchtiger und rechtschaffener Mann ist, ist er schwer zu ersetzen; es will ja auch nicht jeder auf diesen Posten.
Nun ist folgender Vorfall passiert: Die beiden älteren Jungen, 17 und 20 Jahre alt, sind offenbar ein bißchen verwildert in den Jahren ohne Mutter und immer so allein, ohne Freunde, und saufen manchesmal mit den indianischen Peonen herum, bis sie Krach mit ihnen kriegen. Vor Ostern soll dann bei einer solchen Gelegenheit ein alter Indianer im Suff über einen Baum gestolpert sein und sich das Hirn eingeschlagen oder sonstwie verletzt haben, jedenfalls war er am andern Morgen tot. Die Indianer haben ihn begraben und nachher behauptet, der eine Junge habe ihn erschossen. Wie das mit Gerüchten so ist – sie gehen selbst durch den Urwald, wo man meint, es lebe keine Menschenseele, die sie weiterverbreiten könne, und so kam auch in der Kolonie das Gerede auf, und den Leuten, die den Mann los sein wollten, war das Wasser auf ihre Mühle. Schließlich, als immer mehr Leute darüber sprachen, konnte der Oberschulze die Sache nicht mehr auf sich beruhen lassen, und so fuhren wir – er als Richter, ich als Gerichtsarzt – hin, um den Indianer auszugraben und nachzusehen. (Ich bin ja hier gleichzeitig Schul-, Kreis-, Gerichts- und Chefarzt.) Jetzt stellte sich heraus, daß keiner wußte, wo der Mann begraben lag. Die Indianer wären niemals dazu zu kriegen, etwas mit einem Toten zu tun zu haben, denn sie haben entsetzliche Angst vor bösen Geistern, und wenn sie etwas davon erfahren hätten, wären sie nie wieder gekommen, um zu arbeiten, oder hätten vielleicht Rache genommen an der Familie und alle umgebracht. Jetzt war guter Rat teuer. Mitten im Busch ein sechs Wochen altes, durch nichts gekennzeichnetes Indianergrab zu finden, schien mir ein ganz unmögliches Unterfangen. So streiften wir kreuz und quer durch den Busch, der Vater mit seinen Söhnen und wir, über

eine Stunde lang. Schließlich sagte ich zum Oberschulzen: »Das ist ja der reine Wahnsinn, wenn sich ein Mensch einbildet, das je zu finden ohne den geringsten Fingerzeig! Wir wollen heimgehen.« Natürlich war uns das nicht einerlei, hatten wir doch die strapaziöse Reise auf uns genommen, um Licht in die dunkle Angelegenheit zu bringen, und vor allem, um dem unglücklichen Mann zu helfen. Die Sympathien des Oberschulzen sind auch auf seiner Seite; er ist ein redlicher Mann, sehr fromm und dabei frei von Bigotterie. Aber gerade, als wir beschlossen hatten, zu gehen, gab der Mann einen schrillen Indianerschrei von sich, der besagte, daß er etwas gefunden habe (unsere Leute kennen sich meist mit der indianischen Ausdrucksweise etwas aus). Wir pirschten also durch den Busch auf die Stelle zu, und da stand er schon mit dem Spaten in der Hand und grub. Ich sah rein gar nichts, woran man die Stelle hätte erkennen können, und sagte, das sei doch mehr Glück als Verstand, aber er meinte, nein, er habe einige umgeknickte Zweige und Äste gesehen, die ihm in dieser unberührten Wildnis aufgefallen seien, und sei der Spur nachgegangen, bis er den mit Ästen und Laub bedeckten Erdhügel gefunden habe. Voll Zorn schaufelte er die Erde auf und stieß Verwünschungen aus, daß doch das Unglück nie mehr aufhöre, wenn ein Mensch einmal hineinkomme, und er hätte das Grab gesucht und gefunden, selbst wenn er die ganzen Pfingsten Tag und Nacht im Busch hätte herumlaufen müssen. Die Jungen hatte er sofort weggeschickt. Ach, mir tat der Mann so leid, ich kann es gar nicht sagen.
Ich hatte Gummihandschuhe und Gummischürze mit, eine Gesichtsmaske, Kopfhaube, Instrumente und Karbol. Ich konnte beim besten Willen – den ich ehrlich gesagt nicht hatte – nichts Verdächtiges finden, und so waren wir's denn alle zufrieden. Unsere Mission war doch noch erfüllt und die Familie gerettet. Der Mann war sehr nett und lud mich ein, doch einmal bei einer erfreulicheren Gelegenheit zu kommen, einige Tage dazubleiben, zu reiten und auf die Jagd zu

gehen und auch den Peonen zuzusehen, wenn sie das Vieh aus den riesigen Herden mit dem Lasso fangen.
Dann war's schon 5 Uhr, und ich wäre am liebsten nicht mehr heimgefahren, weil ich dachte: Bei Nacht im Sumpf steckenzubleiben, wo man kilometerweit keine Hilfe holen kann, ist kein Vergnügen. Hier habe ich zum ersten Mal so richtig einen Begriff bekommen, was Wildnis ist; in Filadelfia ist es ja direkt großstädtisch dagegen. Aber sie wiesen uns einen andern Weg, der nicht durch Sümpfe führe und gut befahrbar sei. Der ging dann durch endloses Steppengelände, bestanden mit mannshohem Steppenbittergras, so daß man keinen Weg und keine Richtung erkennen konnte, und ich wunderte mich immer wieder, wie unsre Leute sich da überhaupt noch zurechtfanden. Es wimmelte nur so von allerlei wilden Vögeln, riesigen Aasgeiern mit vielleicht 2 m Flügelspannweite, Papageienscharen und Straußen, die oft kilometerlang mit irrsinniger Geschwindigkeit vor dem Auto herliefen. Füchse und Gürteltiere und Panzerschweinchen, Rehe und Schlangen und was weiß ich noch wurden durch die Lichter geradezu angelockt. Aber wir waren so müde, daß wir kaum noch etwas davon wahrnahmen.
Eine Autofahrt ist hier eine wirkliche Strapaze im Gegensatz zu einer Reise mit dem Pferdefuhrwerk, denn bei der größeren Geschwindigkeit bekommt man die Unebenheiten des Bodens viel mehr zu spüren. Wir sangen die ganze Zeit, damit wir nicht einschliefen, und kamen dann glücklich um 11 Uhr nachts daheim an. Ich war froh, denn es ist mir doch ein ungemütliches Gefühl, Erika bei Nacht allein im Hause zu wissen.
Heute kommen noch die drei Kinder unserer amerikanischen Missionarsfreunde für ein paar Tage zu uns, während die Mutter zur Entbindung im Krankenhaus ist. Sie können kein Wort Deutsch, außer uns kann niemand Englisch, so boten wir an, sie zu nehmen, der Mutter fiel ein Stein vom Herzen. Es sind so einsatzfreudige Leute, da macht man sich keinen Begriff. Er hat mit seiner Mission noch gar nicht angefangen,

denn er will zu den Moros, einem Indianerstamm, der noch ganz unberührt im Norden haust und den noch niemand gesehen hat außer denen, die überfallen und auf einsamen Viehstationen umgebracht wurden. Natürlich ist guter Rat teuer, wie er es anfangen soll, mit ihnen in Kontakt zu kommen, ohne gleich umgebracht zu werden. Nun hat er sich gestern ein Flugzeug aus Asunción kommen lassen und ist einige Stunden über dem Gebiet geflogen, in dem sie angeblich leben sollen, um sich überhaupt einmal eine Vorstellung zu machen. Aber er sah keine menschliche Behausung und kehrte unverrichteter Dinge zurück. Jetzt will er es einmal mit einem Lastauto versuchen. Die beiden sind jung, erst 32, er ist ein Riese, herkulisch gebaut und sehr sportlich, sie ist grazil, aber groß, und lacht den ganzen Tag. Wenn die hier sind, kommen wir aus dem Lachen nicht heraus. Das ist für uns eine Erholung, denn die Mennoniten sind sehr still, eben echte Friesen.

Fernheim, 20. 5. 1951

Am Dienstag, dem dritten Pfingstfeiertag, waren wir auf einem Dorf zu Besuch, da nahmen wir unsere Ziehkinder mit, die eine Menge Spaß hatten. Die Leute, bei denen wir waren, sind wirklich interessant. Sie kamen aus der Mongolei hierher, nachdem sie vorher am Amur gesiedelt hatten und unter dem Bolschewismus weggegangen waren. Sie haben zwölf Kinder, von denen eines bei der Geburt 14 Pfund, zwei 10 Pfund und alle übrigen 12 Pfund gewogen haben sollen! Aber jetzt sind sie alle dünn und lang aufgeschossen. Der Mann ist Jäger und präpariert alle Tiere, die er schießt, selber und schickt sie nach Chicago ins Nationalmuseum. So war's auch für uns ein kleines Museum, da er gerade wieder eine ganze Kollektion fertiggestellt hatte, alle Arten von seltenen, wunderschönen Vögeln, Schlangen, Insekten, Raubtieren usw., so daß wir nicht genug staunen konnten. Außerdem hat er 50 Bienenvölker, und ich mußte ihm allerhand über die deutsche Bienenzucht erzählen. Er macht alle seine Kästen und sein Gerät selber. Ferner haben sie eine Schmiede und eine Gießerei, in der sie kleinere Teile selbst herstellen. Sie betreiben die übliche Landwirtschaft mit 12 ha gepflügtem Land und 90 ha Busch und Pferden und Rindern. Dazuhin ist der Mann Lehrer und spielt ziemlich gut Geige. Er hatte zwei Nachbarsjungen eingeladen, der eine spielte Geige, der andere Gitarre, da spielten sie allerhand Walzer und Ländler und Volkslieder. Dies war das erste Mal, seit wir hier sind, daß wir solche Klänge vernommen haben.

Übers Wochenende waren wir zu einer Hochzeit eingeladen. Am Polterabend gab es allerlei Theateraufführungen, lustige und ernste, und am eigentlichen Hochzeitstag kam eine riesige Menschenmenge zusammen, geradezu unglaublich. Auf dem Hof der Brauteltern war ein großes Dach aus Wellblech und Stämmen errichtet, darunter fand die Trauung statt. Anschließend war dann Massenabfütterung, immer etwa hundert Personen gleichzeitig an zwei langen Tafeln, die Männer auf der einen, die Frauen auf der anderen Seite. Es gab kaltes gekochtes Rindfleisch und salziges und süßes Gebäck, dazu Kaffee oder Tee, je nach Wunsch. Wenn alle gegessen hatten, wurde »Mahlzeit!« gerufen, und der nächste Schub kam an die Reihe. Vorher und nachher stand man herum und unterhielt sich mit Bekannten, denn so viele Sitzgelegenheiten hat ja kein Mensch. Später kam in einen Kreis aus Bänken, auf denen die Jugend saß, ein Harmonium, und da es eine sehr freie Hochzeit war, sangen die jungen Leute außer christlichen Liedern auch Volkslieder wie »Hab oft im Kreise der Lieben«, »Am Holderstrauch« usw. Aber daran nahmen viele Anstoß, da so etwas nicht auf eine Hochzeit gehöre. Ich finde ja, offen gesagt, diese überstrengen Regeln manchmal ziemlich abstoßend; aber da ist es Erika, die mich verblüfft, denn sie sagt immer wieder: »Ach, solange die Menschen durch ihren Glauben befähigt werden, so einen einwandfreien und anständigen Lebenswandel zu führen, kann man doch nichts dagegen sagen. Etwas anderes wäre es, wenn sie bloß so redeten und anders handelten.«

Am Sonntag war großes Jugendtreffen. Da ja die meisten Schwestern junge Mädchen sind, wurde ich aufgefordert, mit dem Krankenhauspersonal ein Lied zu singen. Wir haben »Alles Leben strömt aus dir« eingeübt, und die Anwesenden haben nicht schlecht gestaunt, so einen mächtigen und gut eingeübten Chor zu hören. Wir waren etwa 30 Sänger, dabei sehr gute Stimmen. Dirigiert habe ich nicht, weil ich dabei sicher hätte lachen müssen, aber es hat auch ohne Dirigenten gut geklappt.

Fernheim, 28. 5. 1951

Gestern war Tauffest auf der 35 km entfernten Missionsstation. Zwölf Indianer – sechs Frauen und sechs Männer – wurden getauft, so daß es dort jetzt im ganzen 40 Getaufte sind. Am meisten beeindruckte mich, zu sehen, wie der neue Glaube die Menschen verwandelt hat. Während die wilden Indianer hier bei uns immer nur stur und teilnahmslos in die Welt schauen, haben sie einen völlig veränderten Gesichtsausdruck. Und beten können sie, es ist kaum zu glauben, völlig frei und sicher und ohne Hemmungen. Zwei Indianer haben gepredigt; der eine heißt Johann Gießbrecht, wie der Missionar, der andere Jakob Eckert, wie der Farmer, bei dem er zuerst gearbeitet hat. Die Indianer haben nämlich nicht durchs ganze Leben hindurch denselben Namen, sondern verändern ihn je nach einem Ereignis, das ihnen bedeutungsvoll genug erscheint. Nun, dieser intelligent aussehende Johann Gießbrecht spricht nicht nur seine Indianersprache, sondern auch noch Plattdeutsch, Hochdeutsch und Spanisch. Er predigte über die Bekehrung des Paulus und sagte, das Damaskus, wohin sie, die Indianer, nun gehen müßten, sei die Missionsstation, und der Ananias, der ihnen sage, was sie tun sollen, sei der Missionar. Ich kam aus dem Staunen überhaupt nicht mehr heraus: vor einigen Jahren noch ein völlig Wilder, der nackt im Urwald hauste, und jetzt ein kultivierter, glaubensfroher Mensch. Er hilft dem Missionar ungeheuer viel, vor allen Dingen, indem er ihn beim Erarbeiten einer Grammatik und eines Wörterbuches unterstützt, wonach die Kinder in der Schule lesen und schreiben lernen können. Das Neue Testament ist schon übersetzt.

Während des Gottesdienstes sangen wir meist Lieder, die aus dem Deutschen oder Englischen ins Indianische übersetzt sind, so daß wir mit den Indianern zusammen singen konnten, z. B. »Ich weiß einen Strom« – wobei ich mich allerdings fragte, was die Indianer sich wohl unter einem Strom vorstellen mögen in unserer wasserlosen Gegend –, »Gott ist die Liebe« usw. Dann kam die Taufe. Für mich war es keine erhebende Angelegenheit. Es ist da eine sogenannte Lagune, ein in einer kleinen Bodensenke zusammengelaufener Regenwassertümpel mit glitschigem, schlammigem Rand, das Wasser ist eine stinkende, gelbe Brühe mit grünen Blasen. In diesen Teich stiegen nun der Missionar und die Täuflinge in ihren strahlend weißen Kleidern und Hosen und Hemden hinein. Die Frauen hatten die schwarzen Strähnen in kleine, brettharte Zöpfchen geflochten, die wie Schwänzchen vom Kopf abstanden; alle waren außerordentlich sauber gewaschen. Bei der Taufhandlung tauchte sie der Missionar mit den Worten »Ich taufe dich...« unter, indem er ihnen einen Stoß vor die Brust gab. Er fing sie unter Wasser auf und zog sie in die Höhe, wo sie prustend und schnaubend erschienen, nach Luft schnappend und Wasser spuckend, die Gesichter mit Dreck beschmiert und die schönen weißen Kleider und Hemden und Hosen graugelblich gefärbt. Nun, ich dachte so für mich: Wenn sich ein Mensch unter der Taufe vorstellen soll, daß die Sünden symbolisch abgewaschen werden, dann kann er sich dies in dieser Dreckbrühe bestimmt nicht ausmalen, auch wenn er ein Indianer ist. Die meisten Leute heulten vor Rührung, aber ich bin nun einmal ein hoffnungslos prosaischer Mensch, der in jeder Situation immer das Lächerliche erblickt, und konnte mir das Lachen nicht verkneifen – ich hoffe nur, daß es niemand gesehen hat.

Am Abend hatten wir wieder unser Schwesternsingstündchen. Wir üben ein neues Lied ein, nachdem »Alles Leben strömt aus dir« so gut geklappt hat, nämlich »Hebe deine Augen auf zu den Bergen« von Felix Mendelssohn-Bartholdy. Anschließend sangen wir Volkslieder und Kanons und spielten zum Schluß noch das Ratespiel »Abstrakt oder konkret«. Dabei passierte eine schreckliche Gaude, und wir haben so gelacht, daß mir noch heute alle Muskeln wehtun. Unser Zahnarzt und seine Frau waren auch da; die haben in ihrem neuen Haus als letzten Schrei ein WC einbauen lassen, was hier noch kein Mensch gesehen hat außer denen, die schon in Deutschland waren. Die meisten Schwestern wußten also nicht, was das ist; daran hatte ich nicht gedacht. Als die Zahnarztfrau mit Raten an die Reihe kam und vor die Tür ging, sagte ich also, wir wollten ihr das WC zum Raten aufgeben. Nun, sie kam herein, fing bei mir an und fragte gleich: »Ist es was zum Essen?« Da schrien wir schon, und sie machte ein dummes Gesicht. Als nächstes fragte sie: »Kann man was damit machen?« und kriegte als Antwort: »Ja, man kann was machen.« Vor lauter Lachen und Schreien konnte man kaum etwas verstehen. Dann: »Kann man Musik damit machen?« Antwort: »Ja.« – »Mit dem Mund?« – »Nein, nicht mit dem Mund.« – »Mit den Händen?« – »Nein, auch nicht mit den Händen.« – »Ja, mit was kann man denn noch Musik machen?« Wir brüllten vor Lachen, wir lagen fast auf der Erde. Dann fragte sie endlich vernünftig und kam so darauf, daß es in ihrem Haus sein müsse. »Ist es in unserem Eßzimmer?« Nun sagte eine Schwester, die gar nicht wußte, was es ist: »Ich weiß nicht!« Und als wir da noch mehr lachten, meinte sie beleidigt: »Woher soll ich denn das wissen, ich war doch noch nicht in dem Haus.« Dann ging's weiter: »Kann man daraus trinken?« Worauf wieder so eine Nichtsahnende sagte: »Ich glaube nicht.« – »Ist es etwas, das man küssen kann?« Schließlich sagte ihr Mann, sie solle doch einmal alle Räume des Hauses durchfragen. Sie fragte nach allen anderen, bis nur noch das Örtchen übrig blieb, und dann sank sie mit einem Schrei auf unsere Couch.

Fernheim, 3.6.1951

Soviel Frieden und Befriedigung hätte ich nirgends sonst finden können in jeder Hinsicht. Wenn ich manchmal über mein Leben hier nachdenke, fällt mir immer das Lied ein: »Zions Stille soll sich breiten...« So empfinde ich hier, diesen Charakter hat mein Leben angenommen, und dann sage ich mir: Was auf der Welt – Geld, Kultur, Zivilisation, schöne Gegend, Ehre und Ansehen – kann mir diesen Frieden ersetzen?
Die Bauern haben geschlachtet, da laden sie uns ein, fast jeden Tag ein anderer. Sie holen uns mit dem Wagen ab und fahren uns auch wieder zurück. Letzthin waren wir bei dem vorigen Oberschulzen. Der sagte: »Wissen Sie, man kann über den Chaco sagen, was man will, aber ich liebe ihn. Hier auf meinem Hof bin ich König und Kaiser, keiner hat mir was zu sagen. Vor 20 Jahren, als wir herkamen, waren wir arm wie die Kirchenmäuse; hier war nichts als Wildnis. Jetzt habe ich 10 Pferde, 40 Rinder, über 100 Enten und mehrere hundert Hühner, Schweine schlachten können wir, so oft wir nur wollen. Wir haben Pflüge, Eggen, Kultivatoren, wir haben ein schönes Haus, unsere zehn Kinder haben immer genug zu essen und sind ordentlich gekleidet – alles in 20 Jahren aus dem Nichts und ohne fremde Hilfe geschaffen. Wenn ich bedenke, wie viele Menschen in dieser Zeit auf der Welt gehungert haben, wieviel Leid sie haben ertragen müssen und wie ruhig wir es dagegen gehabt haben, da kann man doch nicht schelten, ohne sich zu versündigen!« Und er hat wirklich recht damit.

Fernheim, 9.6.1951

Bei uns ist es jetzt richtig Winter. Es hat schon zweimal gefroren, 2 Grad unter Null, so daß es Eis hatte auf dem Waschwasser. Komische Tropen, nicht? Ihr könnt Euch gar nicht vorstellen, was für eine Freude Erika hat. Mir selber ist es ja nicht so sympathisch, ich friere wie ein Affe und sage, ich ziehe um in eine warme Gegend. Man hat hier ja keine Öfen, und alles ist auf Wärme eingestellt, so empfindet man die Kälte viel schlimmer. Bloß gut, daß wir die Daunendecken mithaben! Wie herrlich warm ist es nun im Bett, man mag morgens gar nicht aufstehen.

Jetzt weiß ich auch, warum die Natur hier so kümmerlich ist. Für die richtigen Tropenpflanzen ist es im Winter zu kalt, sie erfrieren, und für unsere schönen europäischen Pflanzen ist es im Sommer zu heiß, sie trocknen ein. Den meisten Leuten sind ihre Tomatenpflanzen, die ja noch klein sind, erfroren, uns aber nicht, wir haben sie mit Leintüchern zugedeckt. So ist es mit dem Gemüse hier. Eigentlich kann man Wunder erleben, denn wenn man einen Kohlrabi abschneidet, wachsen aus dem Strunk in derselben Woche noch drei bis vier neue heraus, so daß man mit sechs bis acht Pflanzen eine ganze Familie durch den Winter bringen kann. Ebenso ist es mit dem Kohl, dem weißen wie dem roten. Auch den Kopfsalat erntet man nicht wie bei uns, sondern pflückt immer nur die Blätter ab bis aufs Herz, und sofort wächst ein neuer Kopf heraus. Man meint gerade, jemand hätte einen geheimnisvollen Zauberspruch darüber gesprochen. Aber dann kann in einer Nacht alles hin sein, und man muß von neuem pflanzen. Zum Gärtnern gehört hier eine unendliche Geduld. Früher habe ich immer gedacht, wo keine Steine im Boden sind, müsse ein Gärtnerparadies sein; hier habe ich zwar noch nie einen Stein gesehen, aber trotzdem machte das Gärtnern zu Hause viel mehr Spaß. Den abscheulichen Erdgrillen, die uns immer alle Setzlinge abgefressen haben, sind wir schließlich mit Ameisengift zu Leibe gerückt. Es hat geholfen.

Dann ist noch ein Ereignis eingetreten: Der berühmt-berüchtigte Sandsturm ist gekommen, vor dem man uns so angst gemacht hatte, weil er das Schrecklichste sei, was es gibt. Nun, schön ist er nicht, aber so schrecklich bei weitem nicht. Die Leute konnten gar nicht begreifen, daß wir uns nicht sonderlich aufregten. Erika, die ja so etwas noch nie erlebt hatte,

hat alles mit geradezu stoischem Gleichmut über sich ergehen lassen, und als es vorbei war, hat sie den Besen genommen und das Haus ausgefegt. Trotz geschlossener Fenster und Türen lag überall fingerdicker Staub, so fein wie Puder. Das Unangenehme ist, daß der Wind so heiß ist; wie ein feuriger Hauch bläst er aus Norden her, dreht abends um und bringt den ganzen Staub aus Süden wieder zurück.
Morgen haben wir Erntedankfest. Die ganze Kirche ist herrlich geschmückt. Es werden zwei Erntedankfeste gefeiert, nächsten Sonntag noch eins, denn es gehen nicht alle Menschen auf einmal in die Kirche, und in der Kirche spielt sich ja hier alles ab. Mittags essen alle, selbst die von Filadelfia, gemeinsam in der Kirche. Es gibt das übliche Festessen: Malzkaffee, kaltes Rindfleisch und Zwieback – fertig. Aber Chöre gibt es ohne Zahl, auch unser Männerchor ist dabei mit »Wer pflanzte die Blumen ins grüne Feld?« und »O Gotteswelt, wie bist du schön« und noch einigen anderen Liedern. Ein Chor muß hier mindestens acht bis zehn Lieder pro Gottesdienst singen, sonst gilt er nichts. Dazu kommen noch zwei gemischte Chöre, einige Quartette, Streich- und Gitarrenorchester usw. Sicher predigen dann fünf Prediger anstatt dreien wie sonst, so werden wir reichlich erledigt sein, bis der Tag herum ist. Aber man muß bedenken, daß die Gottesdienste und Feste für die Leute hier ja die einzige Gelegenheit sind, etwas zu erleben. Da nützen sie es auch gehörig aus.

Fernheim, 6.7.1951

Nun habe ich wieder etwas Luft, die letzten beiden Wochen waren toll, so möchte ich's nicht immer haben. Operieren, operieren, operieren, und dazu noch so schwere Fälle, daß man Tag und Nacht nicht schlafen konnte. Man denkt dann immer nochmal darüber nach, ob man auch alles richtig gemacht hat oder ob einem ein Fehler unterlaufen ist; man wartet, ob einen die Schwestern nicht doch holen; schließlich steht man noch einmal auf, um nachzusehen, wie es geht, und kann dann nachher erst recht nicht mehr einschlafen. Manchmal denke ich, wenn man so gewissenhaft ist, sollte man gar nicht Chirurg werden. Aber es sind herrliche Momente, wenn man jemandem geholfen hat. Damit meine ich nicht nur, ihm das Leben zu erhalten, sondern ihn vor Verunstaltung oder Krüppeltum zu bewahren. Es ist rührend hier, wie die Leute einen immer fragen, wenn sie einen auf der Straße sehen, ob schwere Fälle da sind, damit sie für sie beten können. Ja, manchesmal halten sie dann in der Kirche eigens Gebetsgottesdienste ab für einen Patienten und sammeln anschließend sogar noch gleich das Geld für seine Krankenhauskosten.

Dieser Tage wurde auch eine Indianerin, eine Lenguafrau, bei uns eingeliefert, die gerade entbunden hatte, und ich lernte bei den Visiten allerhand Indianisch von ihr. Als ich am letzten Abend vor ihrer Entlassung sagte: »Inkiltahaktheyik sata inkilthiya, thon-tho!« (»Du gehst morgen nach Hause, auf Wiedersehen!«) schlug sie die Hände über dem Kopf zusammen und rief lachend: »Dine momento verstehne! Es mine nix andere sehne so momento verstehne!« (»Du kapierst aber schnell! Ich habe noch nie einen gesehen, der so schnell verstanden hat!«) Das Indianische ist kolossal schwer auszusprechen, aber ich habe den Bogen schon raus, es macht Spaß. Ich glaube, wenn ich einmal eine Weile auf der Missionsstation wäre, könnte ich es bald. Übrigens hatte das Kleine noch keinen Namen, und da die Indianer meist ihre Kinder nach Leuten nennen, die ihnen imponieren, wollte die Mutter wissen, wie meine Frau heiße. Der Name Erika gefiel ihr aber nicht, denn sie lebt auf der Missionsstation, und da wollen sie nur biblische Namen. Dann meine Mutter – auch nicht. Meine Schwester Ruth – ja, das paßte, Ruth gefiel ihr. Und so heißt denn hier 15 000 km von daheim im wilden Busch ein ganz schwarzes Indianerkind nach meiner Schwester. Heute zog die Mutter frohgemut ab mit ihrer kleinen Ruth.

Diese Woche habe ich einen Mann operiert, der aus der Kolonie Friesland über Asunción mit dem Flugzeug gekommen war. Es war eine wirklich schwere Operation. Gott sei Dank geht es ihm jetzt gut, so daß ich hoffe, ihn durchzubringen. Natürlich hat sich die Geschichte schon überall herumgesprochen, da es ja doch etwas Ungewöhnliches ist, daß ein Patient sich ein Flugzeug mietet und von der Universitätsklinik in ein Krankenhaus im Urwald fliegt, um sich operieren zu lassen. Ich hoffe bloß, daß das nicht Schule macht, denn öfters möchte ich solche Patienten nicht, die Aufregung ist mir zu groß.

Um das Maß vollzumachen, sollte ich ein eineinhalbstündiges Referat halten vor der deutschen Pädagogentagung, die hier diese Woche stattfand und zu der aus dem ganzen Land Paraguay alle deutschen Lehrer, über hundert, gekommen waren. Erst drei Tage vorher sagten sie es mir, das war eine Zumutung, und ich gab meiner Meinung hierüber auch Ausdruck. Weil ich aber schon lange so viel auf dem Herzen hatte, was ich sagen wollte, und da man mir das Thema freistellte, sagte ich zu. Wegen meines Patienten konnte ich sowieso nicht ins Bett, und so arbeitete ich die Nacht durch. Erika kam dazu und sagte, sie könne auch nicht schlafen, wenn ich eine schlaflose Nacht hätte, ich solle ihr in die Maschine diktieren. Da ich nämlich fast nur englische und amerikanische Lehrbücher habe, mußte ich übersetzen und tippen zu gleicher Zeit, und so nahm ich, wenn auch mit schlechtem Gewissen, dankbar dieses Angebot an. Ich dachte, ach du meine Güte, worüber soll man denn anderthalb Stunden lang quatschen? Ich sprach dann über Hygiene, über die verschiedenen klimabedingten Krankheiten und ihre Verhütung, über allgemeine Körperpflege und Sport. Als ich fertig war, hatte ich, ohne auf die Uhr zu sehen, genau eineinhalb Stunden ohne Unterbrechung geredet! Nie hätte ich so etwas für möglich gehalten. Anschließend war offene Aussprache, die mir zeigte, wie reges Interesse meine Gedanken gefunden haben, so daß ich glaube, nicht umsonst geredet zu haben.

Erika geht es gut, sie fühlt sich seit dem neunten Monat pudelwohl und rennt den ganzen Tag von früh bis spät herum, weil sie in einem Buch gelesen hat, die Entbindung sei um so leichter, je mehr man in der Schwangerschaft arbeite. Drum nützen auch alle meine Reden nicht, um sie zum Langsamtreten zu bewegen.

Fernheim, 22.7.1951

Zunächst einmal: Bei uns hat sich noch nichts Aufregendes ereignet, es ist alles ruhig. Erika ist mächtig ungeduldig, und ich nicht minder. Komisch, achteinhalb Monate macht man sich gar nichts draus, man kann's ruhig erwarten, meine ich, aber dann ist es, als ob man platzen müßte vor Neugier. Es ist alles parat, und Erika macht immer weiter Sachen und Sächelchen, sie näht und stickt sich ein gestepptes Flanellbettjäckchen – in der vagen Hoffnung, daß es ein bißchen kalt werden könnte, wenn's soweit ist. Aus dem Seidenstoff, in dem sie einst eine indische Maharani gespielt hat, macht sie sich einen feudalen Morgenrock, wie man ihn hier noch nie gesehen hat. Für das Baby fanden wir von einem unserer Vorgänger einen großen Henkelkorb vor, den hat sie mit rotweiß-kariertem Leinenstoff ausgekleidet, oben herum mit einer Rüsche, es sieht allerliebst aus, und wir können, wenn wir mal fortwollen, einfach den Henkelkorb wie einen Einkaufskorb nehmen und das Kleine mit uns tragen, denn mit Kinderwagen kann man in dem tiefen Sand, der auf den Straßen liegt, nichts anfangen.
Ich mußte einen kleinen Jungen operieren, der von einem Eselskarren angefahren worden war – also sogar hier ein richtiges Verkehrsunglück! Durch den riesigen Blutverlust schwebte er die ersten Tage in Lebensgefahr, und er ist erst sieben Jahre alt. Aber jetzt hat auch er es wieder geschafft.
Hier ist wirklich und wahrhaftig die abscheulichste Gegend, die ich auf meinen Kreuz- und Querfahrten gesehen habe. Der Busch ist jetzt so grau und öde, daß es keine Beschreibung dafür gibt, und der Sandsturm so heiß und heftig, daß man meint, man müsse ganz austrocknen. Die Zisternen werden leerer und leerer, wir benutzen das Wasser nur noch zum

Trinken und Kochen. Für alles andere nehmen wir Brunnenwasser aus dem salzigen Krankenhausbrunnen. Bei vielen Leuten sind die Zisternen schon leer, und die halbwüchsigen Jungen machen sich einen Erwerb daraus, mit kleinen, zweirädrigen Eselskarren von weit im Busch, wo es einige wenige Süßwasserbrunnen gibt, in leeren Benzinfässern Wasser in die Stadt zu fahren und es für 1,50 Guaraní das Faß zu verkaufen. Das Wasser ist aber so dreckig und unappetitlich, daß ich nichts davon trinken möchte. Einen Vorteil hat die gegenwärtige Jahreszeit vor dem Sommer: Es kühlt nachts immer schön ab, so daß man gut schlafen kann, während es im Sommer nachts gleich heiß ist wie tagsüber. Den Sandsturm empfinden wir nicht so schlimm wie andere Leute, weil wir früh immer gleich Fenster und Läden schließen, bevor er um 9 Uhr kommt. Er dringt wohl durch jede Ritze, aber doch ist es im Haus nicht so heiß wie draußen. Punkt 5 Uhr nachmittags hört er wieder auf, das geht so pünktlich wie ein Uhrwerk, es ist ganz eigenartig.
Ihr habt einmal gemeint, daß ich wenig Gefühl habe und kein Heimweh kenne, aber das ist nicht so. Wir haben beide gewaltiges Heimweh und trösten uns nur damit, daß wir so gut miteinander auskommen und daß ich soviel Befriedigung in meiner Arbeit habe. Wir sagen oft, daß es doch eigentlich schade ist, daß man mit soviel Berufsidealismus daheim keine passende Position finden kann, man mag können, was man will. Und soviel ist einmal gewiß: So eine Position, wie ich sie hier habe, bekomme ich daheim nie. Alles ist eben nie beisammen auf dieser Welt.

Fernheim, 25.7.1951

Das Krankenhaus ist jetzt immer mächtig voll. Es ist wie bei uns daheim: Wenn die Ernte eingebracht ist, haben die Bauern Zeit zum Kranksein. Gestern habe ich eine interessante Operation gemacht – wie es scheint, mit Erfolg. Dr. Rakko hatte einen Patienten mit einer sehr schmerzhaften Krankheit, bei der die kleinen Blutgefäße nicht mehr durchblutet sind, so daß die Zehen beziehungsweise die Finger absterben. Während der Operation – in Lokalanästhesie – stellte ich eine Schwester dazu, die sich mit dem Mann über das nebensächlichste Zeug unterhalten mußte, während ich mit seinem Leben spielte, denn ein kleines bißchen zu tief geschnitten oder mit der Schere ausgerutscht, und der Mann wäre verblutet oder hätte zumindest das Bein verloren. Ich habe nicht schlecht geschwitzt! Abends bei der Visite war der ganze Verband durchgeblutet, was mir zeigte, daß die Operation von Erfolg gekrönt war. Nun hoffe ich, ihm sein Bein erhalten zu können.

Morgen mache ich eine Augen-, eine Ohren-, eine chirurgische und eine gynäkologische Operation an ein und demselben Vormittag. So etwas kann's auch bloß hier geben. Ihr werdet denken: Der erzählt lauter solch medizinisches Zeug, was interessiert uns das! Aber es stellt halt meine Welt und mein Leben dar; ich habe sonst keine Erlebnisse, die schildernswert wären, und sie füllen mich auch ganz aus.

Leider verstehe ich nichts von Technik, sonst hätte ich mich hier schon lange um die Erschaffung einer Industrie verdient gemacht, die hier dringend ist. Jetzt ist die Baumwolle entkernt und riesige Ballen stapeln sich zum Abtransport. Wenn ich denke, was für ein Gewinn es wäre, wenn sie gleich hier versponnen und verwebt werden könnte! Aber Spinnmaschinen und erst recht Webmaschinen müssen entsetzlich teuer sein und bei dem gegenwärtigen Guaraní-Kurs von 30 zu einem Dollar schier unerschwinglich. Was gilt denn der Dollar zur Mark? Amtlich wohl immer noch 4,20 DM. Mich würde es sehr interessieren, weil man bei irgendeinem Preis hier immer alles gleich in Dollar umrechnet. Unsere Gehälter sind am 1. Juli wieder um 20 % erhöht worden, aber das heißt nicht viel, da die Preise um noch mehr gestiegen sind. Allerdings hört man aus Deutschland dasselbe, und dort werden wahrscheinlich die Gehälter nicht alle paar Monate aufgebessert.

Fernheim, 4.8.1951

Nun ist er also da, unser kleiner Cornelius! Und da es mit meinem Telegramm leider nicht so geklappt hat, wie ich es beabsichtigte – das Radio ist kaputt, so daß wir nicht senden können und das staatliche Telegrafennetz in Anspruch nehmen müssen, das hier im Chaco mit geradezu astronomischer Langsamkeit arbeitet –, so will ich mich wenigstens gleich heute noch hinsetzen und einen Bericht verfassen.

Über dieses für uns so wichtige und einschneidende Ereignis kann ich trotz meines angeborenen Erzähltalents leider nicht so viel berichten wie über jede kleine Spazierfahrt, weil alles derart normal und unaufregend vor sich ging, wie es bei Doktorsleuten kaum glaublich ist, denn bei unsereinem soll's ja bei so etwas nie ohne die ernstesten Komplikationen abgehen. Da ich mir das Vergnügen nicht hatte nehmen lassen, meinen Sprößling selbst ans Licht der Welt zu ziehen, konnte ich ihm auch gleich als erster die Hand schütteln und ihm guten Tag sagen. Danach kriegte er aber erst mal tüchtig den Hintern versohlt wegen seiner Unpünktlichkeit – vierzehn Tage zu spät zu kommen und die ganze Innung zu blamieren! Das sollte ihm gleich ein für allemal ausgetrieben werden.

Nun, es ist ein ganz normaler Säugling, nicht schöner und nicht häßlicher als andere; er hat schwarze glatte Haare und dunkelblaue Augen, aber von der Sorte, die später braun werden, oder ich müßte mich sehr täuschen. Die Schwestern hatten dem Kleinen ein schön gemaltes Spruchband mit der Aufschrift »Herzlich willkommen« ins Bettchen gelegt, und die Nachricht, daß Doktors ihren »Knels«, wie sie hier sagen, bekommen haben, war natürlich mit Windeseile im Städtchen herum, vielleicht sogar in der ganzen Kolonie. Heute nachmittag kamen schon die ersten Gratulanten. Erika meint, nun habe sie es doch geschafft, so lange zuzuwarten, bis der Staubsturm vorbei und die Luft schön kühl sei, wie sie es sich fest vorgenommen hatte. Gerade gestern hat nämlich das Wetter umgeschlagen, nachdem zwei Wochen hindurch

ein geradezu infernalischer Orkan gewütet hatte mit solchen Massen Staub, daß es finster wurde davon.
Mit dem Namen unseres Kleinen hat es eine drollige Bewandtnis. Schon in Deutschland, wo man ihn ja kaum hört, hat er uns beiden gut gefallen. Und nun stellt sich hier heraus, daß dies ungefähr der häufigste Name ist, der in der Kolonie vorkommt! Das hat uns fast noch umgestimmt, aber wir blieben dann doch dabei. Es ist schon ein komisches Gefühl, daß wir nun auf einmal zu dritt sind und das Krähen des kleinen Kerls bald unser Haus mit fröhlichem Lärm erfüllen wird. Wir sind zwei glückliche Leute trotz Urwald und Staubsturm und Hitze, und wir könnten es uns gar nicht besser wünschen.

Fernheim, 12. 8. 1951

Daß der Sisal gut wächst, sehe ich an den prachtvollen Stauden, die als Zierpflanzen hier überall in den Gärten stehen. Im Grunde genommen bräuchte man hier gar nichts anderes zu pflanzen als Baumwolle, da sie eine der besten Qualitäten auf dem Weltmarkt ist und viel Geld einbringt. Entkernungsanlagen sind ja da. Der größte Haken bei der Sache ist die Ernte. Hier ist es nicht wie anderswo, daß man einen Haufen Arbeiter hat zum Pflücken. Die ganze Pflückarbeit bleibt an den Kindern des Pflanzers hängen, und es ist kaum mit anzusehen, wie die winzigen weißblonden Dinger, die so gar nicht für dieses Klima geschaffen sind, stundenlang in der glühenden Sonne auf dem Feld sein müssen, um zu pflücken, oft schon mit vier Jahren. Darum würde ich so gerne den Sisal einführen, weil ich mir sage, die Ernte, die im Abhauen der Blätter besteht, ist eine Männerarbeit und macht weniger Mühe als das Baumwollpflücken. Kaffee wächst hier leider nicht, dem ist es viel zu trocken. Er will feuchte Hitze haben wie in den richtigen Tropen.
Eben schickt uns der Realschulleiter, ein Kanadier namens Cornelius Peters, durch einen Schüler einen Brief mit Glückwünschen und einem Scheck von 10 Dollar mit der Bitte, ihn

für unseren kleinen Cornelius zu verwalten. Ist das nicht nett? Denkt Euch, dafür bekommt man hier eine Kuh, und wir rechnen uns schon aus, wie viele Kühe das bis in 20 Jahren sind!
Diese Woche lud mich der Vater eines Mädchens, an dem ich vor einiger Zeit eine Schieloperation durchgeführt habe, zum Schlachtfest ein. Als ich draußen anlangte, kam mir das Mädchen entgegen und guckte ganz gerade mit beiden Augen! Ich konnte vor Verwunderung nicht mehr reden, es war doch gar nicht gut gewesen, als sie damals wegging. Und die Familie freute sich über mein Gesicht. Sie hatten sich das eigens als Überraschung ausgedacht. Die Frau meinte: »Erst wollten wir ein bißchen enttäuscht sein, als sie damals heimkam und noch genau so schielte wie vorher. Aber ich sagte, wir haben dem lieben Gott vertraut und Dr. Dollinger, das kann einfach nicht sein, daß unser Vertrauen so enttäuscht wird. Wartet nur ab, der liebe Gott kann machen, daß es hinterher noch gut wird. Und sehen Sie, so ist es gekommen.« Da dachte ich, wie kleingläubig ich dagegen war; es hat mich wirklich beschämt.

Fernheim, 25.8.1951

Heute habe ich leider nichts Gutes zu berichten: Erika ist erkrankt. Im Krankenhaus ist kein Platz, es ist ganz überfüllt, weil wir augenblicklich eine Magen-Darm-Epidemie haben mit vielen vereiterten Blinddärmen, so daß wir diese Woche operierten »auf Deiwel komm raus«. Da haben wir ein Krankenhausbett herübergeholt und ins Eßzimmer gestellt, weil das am kühlsten ist. Eine Schwester ist da und versorgt sowohl Erika als auch den Kleinen, so daß beiden nichts abgeht. Ich hoffe, Erika ist bald wieder auf dem Damm. Sie selber hat kein anderes Gefühl als Ärger darüber, daß sie, die nie krank gewesen sei, nun auf einmal »solche Zicken« mache.
Ein interessantes Erlebnis hatten wir diese vergangene Woche auch: Ein deutscher Pater besuchte uns, der 120 km von hier mit noch anderen deutschen Patres zusammen eine Missionsstation hat. Ach, er fühle sich wie im Himmel bei uns, sagte er,

worauf ihm Erika antwortete, er habe aber eine komische Vorstellung vom Himmel, und wir alle drei lachten. Er kam ins Schwärmen und nachher ins Erzählen, so daß es spät wurde und wir ihn gleich zum Schlafen dabehielten. Pater Jung war zehn Jahre Soldat und bei den Russen, den Amerikanern und den Franzosen in Gefangenschaft, bis er endlich 1949 entlassen wurde. Dann meldete er sich gleich für diesen Dienst. Hier hat er ein wildes und unzivilisiertes, aber auch ein freies Leben. Er trug Reithosen und Reitstiefel, ein Buschhemd und einen Tropenhelm, und nur der typische katholische Priesterkragen kennzeichnete ihn als Geistlichen. Drei deutsche Patres leben dort: einer ist Bischof des Chaco, er selber Generalvikar und ein Laienbruder besorgt die Wirtschaft. Er sagte lachend: »Im Reich der Blinden ist der Einäugige König! Nichts als Titel ohne Mittel haben wir.« Seine ganze Sprache war Landserjargon, ich kenne das ja aus meiner eigenen Soldaten- und Gefangenenzeit. Unentwegt machte er Witze und erzählte schnurrige Geschichten, so daß wir aus dem Lachen nicht mehr herauskamen.

Fernheim, 16.9.1951

Gestern brach bei Erika Gelbsucht aus, so haben wir wenigstens des Rätsels Lösung. Hoffentlich tut die Bettruhe das Ihrige; ich habe zur Bettruhe mehr Zutrauen als zu den allerbesten Medikamenten.
Gott sei Dank hat endlich das Wetter umgeschlagen. In der letzten Zeit war eine solch mörderische Hitze, daß es sogar mir fast zuviel wurde und ich nicht mehr aus noch ein wußte. Wenn man da im Bett liegen muß, ist es noch viel schlimmer. Unsere Nachbarn haben uns, als es so arg wurde, ihren Ventilator gebracht, die Menschen sind alle rührend. Da wir jetzt keinen Besuch mehr hereinlassen, kommen sie jeden Abend vors Fenster und singen, einzelne, kleine Grüppchen und ganze Chöre.
Im Krankenhaus ist der Hauptansturm vorbei. Es war für die

Patienten schrecklich, bei der Hitze frischoperiert zu sein und nicht trinken zu dürfen. Durch den heißen Sandsturm war die Luft so trocken, daß man fast ausgetrocknet ist. Die Waschfrauen haben immer zu zweien Wäsche aufgehängt, damit sie nicht vom Sand schmutzig wurde: Die eine hat sie hingehängt, die andere abgenommen, so schnell war sie trocken. Den Leuten sind im Küchenschrank die Eier ausgeschlupft, ganz von selbst, ohne Glucke. Unser Eisschrank arbeitete Tag und Nacht, aber beim Aufmachen kam immer so viel heiße Luft hinein, daß es niemals Eis gab. Als es so schlimm wurde, daß wir nur noch mit den Füßen in einem Kübel kalten Wassers bei Tisch saßen, regnete es endlich. Danach kam der kalte Südsturm, und über Nacht war das kahle, ausgedörrte, öde Land wie verwandelt und nicht mehr wiederzuerkennen. Unsere Schattenbäume ums Haus waren plötzlich riesige Fliedersträuße, genau dieselben Düfte, genau dieselben Blüten. Im Busch war alles frisch und grün, die Schlingpflanzen, die an den Bäumen bis in die Wipfel ranken, hatten alles mit Blüten überzogen, so daß es oft aussah, als ob die Bäume blühten. Die Königinnen der Nacht öffneten ihre zauberhaften Blüten zu vielen Tausenden, der Jasmin strömte seinen betörenden Duft aus, daß man fast nicht schlafen konnte. Es war wie im Märchen. Und es ist komisch, gleich hat man vergessen, wie abscheulich es vor ein paar Tagen noch war. Man kann wieder leben, anstatt wie vorher nur noch zu vegetieren.

Cornelius macht sich aus alledem gar nichts. Ihm ist es egal, daß seine Mutter krank ist und er jetzt Kuhmilch kriegt, daß es heiß ist oder kalt: Er schläft und schreit und trinkt, trinkt, trinkt. Manchesmal kommt es mir geradezu unheimlich vor, welchen Appetit er entwickelt und wie rasch er sich vergrößert und verdickt. Die Leute sagen alle, er sei ein hübscher Kerl, aber das kann Schmeichelei sein, oder aber sie sagen es, weil er dunkeläugig und dunkelhaarig ist, was es hier ja nicht gibt. Uns jedenfalls gefällt er mit jedem Tag besser.

Fernheim, 23.9.1951

Heute kann ich etwas erfreulicher berichten, denn Erika geht es besser. Sie ist allerdings zum Skelett abgemagert und so gelb, daß alle Leute erschrecken, wenn sie sie sehen, aber doch geht es aufwärts.

Wir stellen oft – naturgemäß – Vergleiche an zwischen meiner früheren Wirkungsstätte daheim und unserem Krankenhaus hier, und da kommt die Bude, die für hiesige Verhältnisse fast ein Wunder ist und von allen Paraguayern, selbst Ministern und Generälen, als ein solches bestaunt wird, schlecht weg. Für mich hat sie aber einen unschätz- und unbezahlbaren Vorzug: Ich bin Herr und Meister darin, und was ich sage, gilt. Ich habe nun einmal die unglückselige Veranlagung, daß ich niemand über mir leiden kann, und das habe ich so viele Jahre im Krieg und im Frieden haben müssen, da ertrage ich lieber Hitze und Stürme und Primitivität und alle sonstigen Entbehrungen des Lebens in der Wildnis, als daß ich diesen Vorzug noch einmal preisgebe. Natürlich ist es für die Familie eine Zumutung, das weiß ich; denn für die Frau fallen ja diese Gründe, die das Leben erträglich machen, weg, und die Kinder haben auch keine guten Aussichten, wenn sie in der Kolonie bleiben. So muß dem Ehrgeiz des Vaters alles zum Opfer gebracht werden, solch ein Tyrann bin ich! Aber Spaß beiseite. Wie die Heimkehr vor sich gehen soll, weiß niemand. Dabei bin ich mir klar, daß ich daheim nie die Freude und Befriedigung an meinem Beruf hätte wie hier. Was mir fehlt, die Berge und Täler und grünen Wiesen und Bäche, davon träume ich fast jede Nacht, und ich mache die allerschönsten Touren und sehe alles so plastisch vor mir, daß es mir den ganzen Tag immer wieder einfällt. So habe ich alles vereinigt, was ich mir wünschen kann, tags meine schöne Arbeit und das ruhige Leben hier, nachts die schöne Gegend daheim. Ein glücklicher Zustand, den man nicht gerne vertauschen möchte.

Auf das Harmonium freuen wir uns sehr. Oft möchten wir

ein Lied einüben, das etwas schwer ist, und das geht doch schlecht ohne Instrument. Wir singen viel allein und mit Bekannten. Mit den Mennoniten ist es schwierig, denn sie singen ausschließlich geistliche Lieder. Da sie nur nach Ziffern singen und musizieren, kann man gar nichts mit ihnen einüben, was nicht vorher aus Noten ins Ziffernsystem übersetzt ist. Alle Vorhaltungen, daß sie doch bloß einmal Noten zu lernen bräuchten, die ganze übrige Menschheit könne es doch auch, lehnen sie entrüstet ab und finden, es sei kolossal stur von der übrigen Menschheit, daß sie nicht endlich einsehe, wieviel praktischer es sei, nach Zahlen zu musizieren und zu singen. Ich solle daheim Propaganda machen für die Sache, damit die Lieder gleich in Zahlen gedruckt werden könnten. Na, ich lasse sie, ich lebe, wie es mir gefällt. Ziffernsingen kann ich aber auch schon.
In dem Sisal-Büchlein steht, daß man mindestens 500 ha anbauen müsse, damit es sich rentiert. Dann wird es wohl nichts werden, weil man ja nicht die halbe Kolonie zur Versuchsfarm machen kann.
Neulich haben sie hier bei einer Hochzeit »Minna von Barnhelm« gespielt. Was habe ich da lachen müssen über die Uniformen, die sie sich zusammengebastelt haben, und ich dachte, wie gut ich da meine hätte hergeben können, wenn ich sie mitgebracht hätte. Überhaupt spielt die Jugend sehr gern Theater, sie dürfen es nur nicht so nennen, sondern bezeichnen es als »Gedichtaufsagen«, weil es die Prediger nicht haben wollen. Fast jeder dritte Mennonit ist Prediger, und sie diktieren ganz autoritär, was man machen darf und was nicht. So erlauben sich nur die Allerfreiesten hier so etwas wie Theaterspielen auf einer Hochzeit beziehungsweise am Polterabend, denn am Hochzeitstag selbst dürfen nur noch geistliche Dinge vor sich gehen.

Fernheim, 29.9.1951

Schon beim Militär bin ich verschrien gewesen als der Doktor, der nie etwas verschreibt. Hier ist es genauso, mein Repertoire an Arzneien beschränkt sich auf ein halbes Dutzend, und ich komme der dauernden Knappheit damit sehr entgegen, wenn es den Patienten auch nicht immer paßt. Vielleicht bin ich schon in den Geruch eines komischen Ernährungs- und Wasserapostels gekommen, weil ich den Leuten immer lange Predigten über richtige Ernährung halte und dauernd Kamillendämpfe, feuchte Wickel, Nierenreinigungstee, Prießnitzumschläge und ansteigende Arm- oder Fußbäder verordne, oft zu ihrem großen Mißfallen, denn sie trauen solch einfachen Mitteln nun einmal nichts zu. Ich kann mich daher, obwohl Chirurg, mit gutem Gewissen als Naturarzt bezeichnen. Immer hatte ich die Vorstellung, es müsse irgendwo auf der Welt einen Platz geben, wo ich meine eigenen Ansichten über dies Kapitel in die Wirklichkeit umsetzen könnte. Nun, ich habe ihn gefunden.

Vor wenigen Tagen kam ein Indianer, den wir schon kennen wegen seines Goldzahns – niemand weiß, woher er ihn hat! –, mit allen Zeichen des Entsetzens vor unsere Küchenveranda und brach dort zusammen. »Otra clase Schlang biete, mucho oweia, dine mine Medizin jewe!« (»Eine andere Art Schlange hat mich gebissen, es tut sehr weh, gib mir Medizin!«) Schließlich brachte ich heraus, daß ihn ein Skorpion gestochen hatte, und die sind ja so giftig, daß der Tod schon nach wenigen Stunden eintritt, da das Gift eine Blutauflösung bewirkt. Die Untersuchung im Labor ergab, daß es schon sehr weit vorgeschritten war und kaum noch Hoffnung bestand. Trotzdem spritzten wir Serum, Strophantin und Kreislaufmittel und legten ihn ins Bett. Und als ich abends Visite machte, lag er strahlend da und sagte: »S mine ganz jesond, nix mea oweia, aktahaktheyik koo, casa schloape mine!« (»Ich bin schon ganz gesund, tut nichts mehr weh, ich gehe nach Hause, will daheim schlafen.«) Alles Zureden half nichts, seine Abneigung, in einem geschlossenen Raum zu schlafen, war zu groß, trotz des modernen Goldzahns. Er war aber tatsächlich in den paar Stunden ganz gesund geworden; bei den Indianern helfen alle Medizinen sofort, es ist erstaunlich.

Fernheim, 6.10.1951

Am Dienstag habe ich acht Operationen gehabt bei einer Temperatur von 48 Grad, wir waren alle ganz naß, wie aus dem Bad. Aber noch mehr leid tun mir die Patienten, die bei einer solchen Hitze ohne zu trinken im Bett liegen müssen. Manchesmal übertrete ich alle diesbezüglichen medizinischen Vorschriften und sage: »Ach, gebt ihnen ein paar Löffelchen voll, das ist ja schon verzischt, ehe es in den Magen kommt.«
Kürzlich kam ein Deutscher über 400 km weit durch den Busch hierher, um sich wegen einer Augengeschichte behandeln zu lassen. Er lebt auf einer ganz einsamen Viehfarm als Verwalter mit Indianern zusammen. Die Farm gehört einem Deutschen und hat über 5000 Rinder. Der Mann ist schon 26 Jahre hier. Wie er hierhergekommen sei? Oh, durch puren Zufall. Er sei Seemann gewesen, im Ersten Weltkrieg in Afrika interniert, und als er nach dem Krieg heimgekommen sei, seien alle seine Angehörigen tot gewesen, da sei er wieder fortgegangen. Zuerst nach Tahiti, wo es herrlich gewesen sei; da habe ihn ein anderer Deutscher animiert, nach Südamerika zu gehen, und er sei zuerst nach Brasilien, dann nach Argentinien und schließlich nach Paraguay gezogen, wo es bestimmt am allerunwirtlichsten sei von überall, wo er gewesen sei, und gerade da sei er dann, des Wanderns müde, hängengeblieben. Er hat keine Frau, keine Kinder, niemand auf der ganzen Welt und war auch noch nie wieder in Deutschland. Aber er ist trotzdem ein ganz fröhlicher Mann.
Dann kam ein altes Ehepaar, auch Deutsche, aus Concepción, das ist mehr als 500 km von hier. Der Mann hat dieselbe

Krankheit wie der alte Onkel, den ich seinerzeit operiert habe, und er hatte diesen in Asunción kennengelernt. Als der Onkel ihm sagte, er fühle sich »wieder jung wie ein Adler«, beschloß er, nun auch zu fahren. Er löste seinen Haushalt auf und verkaufte alles, was er hatte, um dann gleich in der Kolonie zu bleiben und sich anzukaufen. Seine Frau hatte schon lange mit dem Blinddarm zu schaffen, aber sie wollte absolut nicht ins Krankenhaus und sagte, jetzt könne sie auch noch so lange warten, bis sie hier seien. Aber nach der langen Reise war sie dann so krank, als sie hier ankam, daß wir sie gleich auf den Tisch legen mußten. Es paßte ihr keineswegs – mir auch nicht –, daß es so schnell gehen sollte. Eine Narkose lehnte sie ab und bruddelte während der ganzen Operation, aber nicht vor Schmerzen, angeblich tat ihr gar nichts weh, sondern: »Jetzt ist man das erste Mal im Leben beim Doktor und gleich wird einem der Bauch aufgeschnitten, das ist doch allerhand!« Was ich ja auch selbst fand, und so pflichtete ich ihr feste bei – es war zum Lachen. Hinterher war sie dann doch froh, und jetzt ist sie ganz freundlich, das alte Bruddelhäfelchen.

Man staunt oft über die Beweglichkeit der Menschen hier bis ins hohe Alter. Es macht ihnen gar nichts aus, mit 80 Jahren noch Haus und Hof zu verkaufen und woanders hin zu ziehen. Oft denke ich, das mag von ihrer Frömmigkeit herrühren: »Wir haben hier keine bleibende Stätte, sondern die zukünftige suchen wir.« Da ist es ihnen einerlei, wo sie leben, Hauptsache, sie haben ihre Gottesdienstgemeinschaft. Neulich sind zwei alte Leutchen von über 70 Jahren nach Kanada abgefahren. Sie haben ihren Hof verkauft, ihre Kinder sind alle hiergeblieben, sie haben dort niemand, nur ganz entfernte Verwandte. Jetzt fragte ich eine der Töchter, wie es ihnen dort gehe. »Ach, offenbar gut«, meinte sie, »sie arbeiten beide in einer Fabrik und verdienen ganz ordentlich.« – »Was«, sagte ich, »dafür haben sie hier Haus und Hof verkauft und alle ihre Kinder dahintengelassen, um mit über 70 Jahren noch in die Fabrik zu gehen?« – »Ja, das Geld hat

gerade für die Fahrt gereicht, jetzt müssen sie doch sehen, daß sie ihren Lebensunterhalt verdienen.«
Morgen haben wir wieder sechs Operationen, und das ist jetzt immer so eine Sache mit dem Licht. Die große Lichtmaschine ist kaputt, so daß die Stadt schon ein paar Monate ohne Licht ist. Mit der kleinen Maschine, die mit einem Lastwagendiesel betrieben wird, können nur das Krankenhaus und die Schule beleuchtet werden. Aber da kann es einem passieren, daß das Licht mitten in der schwierigsten Operation ausgeht oder daß es morgens heißt, heute gebe es kein Licht, weil kein Betriebsstoff da sei. Dann muß ich mit der Tachenlampe operieren, und wenn es zufällig keine Batterien gibt, was auch vorkommen kann, stellt sich eine Schwester mit einem Spiegel ans Fenster und wirft das Sonnenlicht auf die Operationsstelle, so wie wir als Kinder mit kleinen Taschenspiegeln die Leute geärgert haben. Ja, hier lernt man allerhand Improvisation, von der man sich zu Hause keine Vorstellung macht. Aber es geht alles, und man ist, wenn alles gut gelungen ist, um so stolzer.

Fernheim, 13. 10. 1951

Erika geht es wieder ganz gut, sie kocht in eigener Regie und macht den Haushalt selber. Dafür mußte ich mich ins Bett legen. Zum Glück ist zur Zeit sehr wenig Betrieb im Krankenhaus; bei der Freitagssprechstunde war gar nichts los, da es nachts geregnet hatte und morgens noch regnete. Wenn es hier regnet, steht automatisch alles still. Die Kinder gehen nicht zur Schule, der Gottesdienst fällt aus, der Laden ist geschlossen, die Industrie arbeitet nicht, alle Verabredungen irgendwelcher Art fallen selbstverständlich aus, und ins Krankenhaus kommen die Leute gleich gar nicht. Es ist wie ein Feiertag, und ich habe schon oft gesagt, wie komisch es wäre, wenn es daheim auch so wäre, da brauchten wir fast gar nichts mehr zu arbeiten!
Wir haben unsere Zisterne leeren lassen, und der Hausbur-

sche putzte und schrubbte sie gründlich sauber und holte all die toten Frösche und Schlangen und Skorpione heraus. Die lebenden hatten sich schon vor der Aktion davongemacht bis auf einen, dessen Gequake in der leeren Zisterne schaurig widerhallte. So lebten wir einige Tage ohne eigenes Wasser, wir holten es eimerweise aus der Krankenhausküche und kamen gut durch. Jetzt ist nach einem einzigen Regen schon etwa 40 cm hoch Wasser in der Zisterne. Der Frühling ist fast vorüber, es wird wieder warm. Heute vormittag habe ich schon dreimal das Hemd wechseln müssen, ich war wie aus dem Wasser gezogen.
Wir haben jetzt eine große neue Lichtmaschine aus Deutschland und kriegen auch nachts Strom, so daß wir uns eigentlich eine Klimaanlage einbauen lassen könnten. Wenn ich nur wüßte, wo man solche Dinger bekommt und wie teuer sie sind!

Fernheim, 19. 10. 1951

Diese Woche war sehr anstrengend. Am Dienstag hatte ich allein sieben Operationen, am Mittwoch morgens rief mich Dr. Rakko an, er habe eine geplatzte Bauchhöhlenschwangerschaft, und ob ich nicht sofort herüberkommen könne. Da ging es natürlich um Stunden, wenn nicht um Minuten; wir organisierten ein Auto, und da der Koloniejeep auswärts war, fuhr uns der neue Amerikaner, der uns gegenüber wohnt: die Ober- beziehungsweise Operationsschwester, den Apotheker, der mein Narkositeur ist, und mich. Sterile Wäsche hatten wir im Koffer mit, ebenso die Instrumente und Kleider zum Wechseln, da man ja bei den Buschfahrten vollkommen verdreckt. Der Amerikaner, ein sehr netter Mensch, der deutsch spricht, raste los mit 50 Meilen, daß uns Hören und Sehen verging. Die Wagenspuren im Sand sind nämlich von den Pferdefuhrwerken eingefahren, und für den Jeep sind sie gerade ein bißchen zu breit, so daß es eine große Kunst ist, nicht aus der Spur zu kommen und nicht im hohen Bittergras

oder in den Dornbüschen zu landen. Unterwegs machte der Jeep schlapp, und ich dachte mir schon aus, wie das werden sollte, da auf der ganzen Strecke von 35 km nur ein einziges Dorf ist, und dorthin zu latschen bei der Gluthitze wäre eine schöne Bescherung gewesen, ganz abgesehen von der Dringlichkeit der Operation. Er brachte die Geschichte soweit wieder in Ordnung; die Benzinzuleitung war verstopft, weil alles, was man hier kauft, irgendwie Bruch ist. Nachdem er sie durchgeblasen hatte, lief die Karre wieder.
In Halbstadt sah ich die Frau nur einen Augenblick an und wußte sofort, was es geschlagen hatte. Wir kochten die Instrumente aus und richteten Dr. Rakkos Sprechzimmer her, einen Raum von etwa 2 mal 3 Metern. Als wir zu operieren begannen, war es gerade Mittag, die ärgste Hitze, sicher über 50 Grad, und das Wasser lief an mir herunter, als ob ich unter einer Brause stände. Glücklicherweise hatte ich die Maske vor dem Gesicht, so daß der Schweiß nicht in den Bauch tropfte, und eine Schwester wischte mir dauernd die Stirn und den Nacken ab. Die arme Frau, dachte ich, sie wird es sicher nicht schaffen und hat fünf kleine Kinder daheim, schrecklich. Aber wir machten gleich während der Operation eine Infusion, wie daheim immer, und brachten sie gut vom Tisch herunter. Hinterher heiße Dusche (man duscht hier immer so heiß, wie man es aushalten kann, es ist viel besser als kalt) und ein guter Kaffee, dann ging's wieder zurück. Nun ist die Frau über dem Berg, wie Dr. Rakko sagt, da freut man sich.
Gestern nun hatte ich eine enorm dicke Frau mit Gallenblasenoperation. Diese litt schon über zehn Jahre an Gallenkoliken schlimmster Art, hatte aber nie den Mut, sich operieren zu lassen. Alle seitherigen Ärzte hatten sie zu überreden versucht, ohne Erfolg. Nun kam sie zu mir. Ich schlug ihr eine Operation vor, aber sie meinte, sie wolle sich nicht operieren lassen, sie habe viel zuviel Angst. Da sagte ich ihr, es sei mein oberster Grundsatz, niemanden zu operieren, der mich nicht ausdrücklich darum bittet. Sie solle wieder heimgehen, und wenn sie solche Schmerzen habe, daß sie es nicht mehr aus-

halten könne, solle sie kommen, dann würde ich sie operieren. Schon nach vierzehn Tagen war sie da. Was alle mit ihren Überredungskünsten nicht fertiggebracht hatten, hatte ich mit dem Gegenteil erreicht. Die Operation war keine Kleinigkeit, aber es gelang, die Gallenblase auszuschälen, ohne daß sie platzte und ohne daß es blutete, darauf war ich sehr stolz. Ich vergoß auch Ströme von Schweiß dabei. Nun geht es ihr ganz gut. Ist doch lustig, daß sich die Leute lieber operieren lassen, wenn man sie nicht operieren will. Ich habe die Erfahrung daheim schon gemacht; außerdem geht bei solchen, die man überredet und die nicht wollen, meist etwas schief. Nachher sagen die Angehörigen, der Patient habe geahnt, daß er sterben müsse, aber der Doktor habe ihn überredet. Da habe ich mir vorgenommen, das niemals zu machen, und bin gut gefahren dabei.

Fernheim, 28. 10. 1951

Vorigen Sonntag waren wir bei der Beerdigung der gallenoperierten Frau, die nun doch gestorben ist. Die Feier hat uns sehr beeindruckt. Hier ist es nicht wie bei uns daheim, daß man den Toten oder die Angehörigen ehrt, wenn man zur Beerdigung geht, sondern man wird dazu schriftlich eingeladen wie zu einer Hochzeit, also ist der Teilnehmer der Geehrte. Zuerst einmal war ich erstaunt, wie schnell die ganze Sache ging. Samstag auf Sonntag nachts um 24 Uhr war die Frau gestorben, und am Sonntag um 15 Uhr sollte schon die Beerdigung sein. Wegen der Hitze ist diese Eile nötig. Das ganze Dorf hatte die Nacht über durchgearbeitet, um alles fertigzubringen, die Frauen hatten das Leichenhemd genäht, die Männer den Sarg gemacht und das Grab ausgeschaufelt. Wir waren zeitig da, aber leider war trotz der guten Organisation und den vielen Helfern doch nicht alles fertig, so daß wir bis 16.15 Uhr warten mußten. Während dieser Zeit wurde gesungen, so wie es bei den Mennoniten üblich ist: Einer sagt einen Liedanfang und stimmt an, worauf alles vierstimmig einfällt. Natürlich kam es mir merkwürdig vor, anstatt der bei uns üblichen Sterbelieder das genaue Gegenteil zu hören, nämlich lauter Texte wie »Welche Freude, welche Wonne wird es sein, wenn wir uns einst wiedersehen« oder »Herrlich, herrlich wird es einmal sein, wenn wir ziehn von Sünden frei und rein in das gelobte Kanaan ein«, und dazu lauter frischfröhliche Melodien, wie sie hier üblich sind, so daß man überhaupt nicht das Gefühl hatte, auf einer Begräbnisfeier zu sein. Dann sprachen die Prediger, drei nacheinander. Es zieme sich für Christen nicht, traurig zu sein bei einem Todesfall, wie es die zu sein pflegten, die keine Heilsgewißheit haben. Der Herr habe die liebe Entschlafene abgerufen, und so sei es gut, und auch die Angehörigen, für die der Verlust sicher schmerzlich sei, müßten sich seinem Willen beugen. Sie habe schon viele Jahre an ihrer Krankheit gelitten und immer gesagt, daß sie an einer Operation gewiß sterben würde, darum habe sie sie ständig aufgeschoben, bis sie es nun nicht mehr länger ertragen konnte. Nun habe sie alles vorbereitet. In dem Zeitraum von vierzehn Tagen – von meiner ersten Konsultation, bei der ich sie heimschickte, bis zur Aufnahme zur Operation – habe sie zu Hause Großputz gemacht, alle Wäsche gewaschen und gebügelt, alle ihre Sachen geordnet und angegeben, wie sie beerdigt sein wolle und wer dazu eingeladen werden müsse. Mir wurde bewußt, daß ihr Gang zur Operation eigentlich gleichbedeutend war mit einem Todesurteil. Ich hatte sie noch gefragt, als sie schon auf dem Tisch lag: »Sind Sie jetzt ruhig, oder haben Sie immer noch Angst?« – »Nein, ich bin ganz ruhig, operieren Sie nur«, hatte sie mir geantwortet. Ich nahm natürlich an, sie habe die Todesfurcht nun überwunden und wolle leben, aber sie meinte wahrscheinlich, daß sie sich zum Sterben bereit gemacht habe. Die beiden ersten Tage waren, wie nach einer solch schweren Operation üblich, nicht leicht für sie. Aber am dritten Tag ging es ihr schon ganz gut, und ich dachte mit keinem Gedanken daran, daß noch etwas passieren könnte. Nur war sie so ohne Lebenskraft und Lebensmut, daß ich wiederholt zu ihr

sagte: »Nun müssen Sie mir aber auch ein bißchen helfen, allein kann ich Sie nicht gesund machen. Sie sind über dem Berg, und es kann Ihnen eigentlich gar nichts mehr geschehen, wenn Sie sich nur ein bißchen Mühe geben.« Aber sie schüttelte ungläubig den Kopf, als wolle sie sagen: »Rede du nur, ich weiß es besser, daß meine Zeit um ist.« Und so war es auch, das Herz machte nicht mehr mit. Ohne allen Kampf, ganz still und friedlich starb sie.
Daran dachte ich während der Predigten, als ich nun hinterher erfuhr, wie sich das alles abgespielt hatte. Ärztlich konnte ich keinen Grund sehen, weshalb die Frau sterben mußte. Sollte ich einfach denken, daß ihre Lebensuhr abgelaufen war und nichts, keine ärztliche Kunst und keine Mittel, das fliehende Leben aufhalten konnte? So dachten die Menschen hier, und ich las aus allen Mienen, daß niemand auch nur im Schlaf daran dachte, mir irgendeinen Vorwurf zu machen. Für die war es einfach Gottes Wille. Dann wiederum fiel mir ein, wie ich sie vierzehn Tage zuvor heimgeschickt hatte mit der Begründung, daß ich aus Prinzip niemanden operiere, der mit Todesfurcht – oder Todesüberzeugung – ins Krankenhaus kommt. Der Wille, gesund zu werden, der Wille, zu leben, ist meiner Ansicht nach bei einer Operation ganz entscheidend, und darum hatte ich sie noch auf dem Tisch gefragt, ob sie jetzt ihre Angst überwunden habe. Niemals hätte ich sie operiert, wenn ich sie recht verstanden hätte, wenn ich gewußt hätte, was sie mit ihrer Antwort meinte. Und dann würde sie, wenn auch mit Schmerzen, doch noch leben. Ja, dies ist kein leichter Beruf, und in solchen Momenten – aber nur in solchen – denke ich, daß es besser gewesen wäre, ich wäre etwas anderes geworden. Gott sei Dank sind sie selten, diese Momente – jetzt habe ich nahezu dreihundert Operationen durchgeführt, seit ich hier bin, darunter viele schwere, und dies ist der erste Todesfall. Im Dorf war seit 11 Jahren, 4 Monaten und 7 Tagen niemand mehr gestorben, so langlebig sind die Menschen hier trotz des unguten Klimas. Wie dem auch sei, die Haltung und

Einstellung der Mennoniten in diesem Fall war ein großer Trost für mich.
Nach den Predigten, bei denen auch nicht der leiseste Versuch gemacht wurde, den herrlichen, einwandfreien und unantastbaren Lebenswandel der Verstorbenen hervorzuheben (wie daheim üblich, auch wenn es nicht wahr ist), fuhr man auf den Friedhof, der ganz am Rande des Busches liegt und eigentlich nichts weiter ist als ein umzäuntes Viereck ohne eine Spur von Grabkreuzen oder Grabsteinen oder Blumen. Der Sarg wurde hinabgelassen, und die ganze Jugend des Dorfes stürzte sich mit Spaten auf den Erdhaufen und schüttete das Grab in weniger als drei Minuten zu. Dann sprach noch ein Prediger einige Worte, daß die Tote nun das sehen dürfe, was sie geglaubt habe, und daß wir nicht dem verweslichen Leichnam unter der Erde nachtrauern, sondern die Tote in einem guten und ehrenden Gedächtnis behalten sollten. Diese Einstellung bringt es wahrscheinlich mit sich, daß sich niemand um ein Grab kümmert; das ist eine abgetane Sache.

Fernheim, 3. 11. 1951

Wenn einer eine Reise tut, dann kann er was erzählen... Ich hatte schon lange die Absicht, Camacho, die Hauptstadt des Chaco, zu besuchen, und als vorgestern Gelegenheit war, hinüberzufahren, nützte ich dies aus und fuhr mit. Im Krankenhaus haben wir immer noch ruhigen Betrieb, so daß ich ohne Gewissensbisse wegkonnte.
Diese »Hauptstadt« liegt etwas über 100 km von hier nach der bolivianischen Grenze zu. Im Grunde ist es ein Fortin, eine Garnison, wie wir sagen würden, mit etwa 300 Soldaten und deren Familien und bildet das letzte »Bollwerk« gegen Bolivien, da die 300 km lange Strecke bis zur Grenze völlig menschenleer ist. Die Stadt kam nach Beendigung des Chacokrieges (1932–1935) an Paraguay, das heißt das Gebiet, auf dem sie steht; richtig entstanden ist sie eigentlich erst danach durch das Militär, vorher war es bloß ein Punkt mit einem

Namen auf der Landkarte. Außer dem Militär wohnen dort nur noch drei mennonitische Familien, die die beiden einzigen Läden betreiben, und der deutsche Bischof mit seinen Patres, die sowohl die Mission unterhalten als auch Militärgeistliche sind. Es ist ein General dort, der gleichzeitig Gouverneur der Chacoprovinz ist und den ich schon kenne, ein sehr netter Mensch.

Der Weg dorthin war nun ein Abenteuer für sich. Es hatte reichlich geregnet, und so war der Busch unvorstellbar grün und üppig. Die Zweige der Dornbüsche schlugen über dem Weg zusammen, so daß man sich andauernd bücken mußte, um in dem offenen Gefährt nicht völlig zerkratzt zu werden. Die Straße war vollständig überschwemmt, man konnte meinen, man fahre in einem Flußbett. Wir fuhren mit einem hochbeladenen Lkw, der alle paar Kilometer hoffnungslos im Schlamm einsank und steckenblieb. Mit Hilfe einer Stahltrosse, die an einer Trommel unter dem Wagen läuft und die man um irgendeinen Baum schlingt, zieht sich dann der Wagen von selbst wieder heraus. Aber das nimmt natürlich sehr viel Zeit in Anspruch, so daß wir anstatt fünf Stunden, wie vorgesehen, neun oder zehn gefahren sind.

Am interessantesten waren für mich auf der ganzen Strecke die wildlebenden Tiere, die in Scharen vor dem Wagen herflohen, natürlich immer nur einige hundert Meter, um dann mit einem Haken im Busch zu verschwinden. Da waren riesige Strauße mit wallendem Gefieder, die mir mit ihren hüpfenden Sprüngen, wobei sie den Hintern so ulkig hin- und herschlenkern, großen Spaß gemacht haben. Unzählige wunderbar bunt schillernde Eidechsen hüpften wie Vögelchen über den Weg, ja, man konnte sie fast mit Kolibris verwechseln wegen der herrlichen Farben vom knalligsten Rot am Kopf bis zum saftigsten Grün und leuchtendsten Gelb an Bauch und Rücken. Den Schwanz recken sie beim Laufen steil in die Höhe wie eine kleine Fahne. Dann gab es massenhaft Landkrokodile beachtlichen Ausmaßes, und diese trägen Tiere setzten sich vor lauter Angst auch plötzlich in panische

Bewegung, wobei sie immer mit den beiden Beinen einer Seite gleichzeitig laufen, so daß sie watscheln wie Enten. Auch die Krokodile strecken den Schwanz in die Höhe, und den ganzen Rücken entlang haben sie einen Schuppenkamm. Schildkröten wälzten sich träge aus dem Schlamm und blieben am Wegrand liegen, wenn das Auto kam; mit ihrem harten Panzer brauchen sie ja ein Überfahrenwerden nicht zu fürchten. Und dann die tausend Vogelstimmen in der Wildnis rechts und links! Solche Töne habe ich noch nie gehört, man kommt sich, vor allem wenn es dunkel wird, wie verzaubert vor, solch eine Vielfalt ist es vom schönsten Tirili bis zu langgezogenen Pfeiftönen, wie wenn man mit einem nassen Finger auf dem Rand eines Weinglases herumfährt und es zu singen anfängt. Kröten und Zikaden machen auch einen unglaublichen Lärm, so daß man fast sein eigenes Wort nicht verstehen kann. Leider habe ich wieder weder Puma noch Jaguar gesehen, auch keinen Tapir, wie ich es mir schon so lange wünsche.

Auf der ganzen Strecke ist eine einsame Ranch auf halbem Weg die einzige menschliche Behausung, nicht einmal Indianer gibt es in diesem Gebiet. Auf der Ranch oder Estancia, wie es hier heißt, lebt ein junges Ehepaar mit vier Kindern, das fünfte ist unterwegs. Sie ist italienischer Abstammung und freute sich halbtot, als ich italienisch mit ihr redete. Wir mußten nach Landesbrauch gleich im Kreis herumsitzen und aus einer Bombilla Tereré trinken, ein scheußlich bitter schmeckendes Zeug, aus Yerba Mate mit kaltem Wasser angesetzt. Die Frau zauberte in kürzester Zeit eine echte Pasta asciuta hin, wie in Italien, dazu gab es Zickleinbraten und wie immer Wasser (lauwarm), hinterher Kaffee und Pudding mit Dattelsirup. Sehenswert sind die Wohnverhältnisse dieser Menschen! Auf acht Pfählen ruht ein Strohdach, und unter diesem spielt sich das ganze tägliche Leben ab. Man kocht, wäscht, ißt, hängt in Hängematten zwischen den Pfählen und schaukelt sich und trinkt seinen Tereré dazu. An den Querbalken zwischen den Pfählen sind Drahthaken befestigt, und an diesen hängt der komplette Hausrat: Töpfe, Pfannen, Wannen, Schüsseln und Kannen. Hühner und Enten, Zicklein und Schafe, Truthähne und Hunde laufen dazwischen herum. Daneben ist eine kleine Lehmhütte mit Strohdach; darin befinden sich die Betten und der übrige Hausrat, der das Naßwerden bei einem eventuellen Regen nicht verträgt. Und dabei sind die Leute keineswegs primitiv, sondern sauber und ordentlich angezogen. Sie sind intelligent und haben vollendete Umgangsformen. Wer beschreibt unser Erstaunen, als beim Essen das schönste Porzellan auf dem Tisch stand, wie kein Mensch in der Kolonie welches hat, auch wir nicht! Dazu feine Tischwäsche mit Spitzen und gutes Besteck! Man kommt aus dem Staunen nicht heraus, wie die Menschen es in der Einsamkeit aushalten. 50 km nach jeder Richtung durch die Wildnis bis zur nächsten menschlichen Ansiedlung! Dabei sind diese Estancieros meistens sehr reich, haben Tausende von Köpfen Rindvieh und fahren, wenn sie Lust haben, großartig nach Asunción oder sonstwohin. Die Frau war aber schon zwei Jahre nicht mehr fort, weil sie immer entweder in anderen Umständen war oder ein kleines Kind hatte. Man kann sich leicht denken, wie diese Leute sich freuen, wenn einmal Besuch kommt, auch wenn sie ihn gar nicht kennen, wie zum Beispiel uns.

In Camacho konnten wir abends nicht mehr viel anfangen, weil dort um 10 Uhr das Licht ausgeht. Am andern Morgen latschten wir los und besichtigten das Fortin. Der General, dem ich einen Besuch abstatten wollte und der eine wunderschöne Villa von außerordentlichem Geschmack hat, war leider dienstlich nach Asunción geflogen. Das Militärhospital dort kann man mit unserem Krankenhaus wirklich nicht vergleichen, weder als Einrichtung noch was Sauberkeit anbelangt. Dafür haben sie ein glänzendes Offizierskasino, das mit allen Schikanen gebaut und eingerichtet ist, so daß wir alle nur so staunten. Ihr Industriewerk, mit deutschen Pumpen, Maschinen und Turbinen ausgestattet, ist natürlich viel besser als unseres hier, was ja auch keine Kunst ist, da die

Mennoniten in 20 Jahren alles selber erwirtschaftet haben, während dort Steuergelder zur Verfügung stehen – man sagt, 80 % der Steuern des Landes verschlinge das Militär. Überhaupt kommt einem der ganze Ort, einsam und verloren in der Wildnis, so unnötig vor wie ein doppelter Kropf, wenn man bedenkt, daß er nur dazu dient, eine Wüstengegend, in der wirklich nichts los ist, gegen etwaige Angriffe zu verteidigen. Die Bolivianer haben ja bei dem damaligen Krieg in der »Grünen Hölle« das behalten, worum der ganze Krieg geführt wurde, nämlich das Erdöl, und der ziemlich beträchtliche Gebietszuwachs, den die Paraguayer erobert haben, brachte ihnen nur wasserlose und unbewohnbare Wildnis ein.

Darauf gingen wir zum Bischof, einem blonden, hageren, älteren Deutschen in Ordenstracht, der in einer kleineren, aber ebenfalls sehr hübschen Villa wohnt, über deren Tür die Bischofsinsignien gemalt sind. Pater Jung, von dessen Besuch ich ja berichtet habe, kam uns schon mit fliegender Soutane entgegengelaufen und freute sich wie ein Kind an Weihnachten, als er uns sah. Er führte mich in sein Klösterchen, eine Lehmhütte mit Strohdach, das die Kapelle, seine Klause und einen kühlen Zwischenraum enthielt und von einem – für hiesige Begriffe – winzigen, aber dichtbewachsenen Garten umgeben war, in dem die herrlichsten Blumen und Ziersträucher, Gemüse und Obstbäume, Reben und Koniferen einträchtig beieinander standen, so wie daheim in einem richtigen Bauerngärtlein. Das hat mich so angeheimelt, daß ich mir ganz nach Deutschland versetzt vorkam. Bei der grotesken Platzverschwendung, die wir hier pflegen, kann man niemals einen schönen Garten sehen, da alles viel zu weit auseinander steht, um schön und üppig zu wirken. Auf seinem Fensterbrett hatte Pater Jung in einem ausgehöhlten Baumstamm die Geranien stehen, die ich ihm geschenkt hatte, und war ganz traurig, daß sie nicht besser wuchsen – meine sind schon groß und kräftig. Das Fenster war ganz verhangen von Weinranken, so daß die Klause in ein grünes, kühles Halbdämmerlicht

getaucht war. Er hatte eine Menge indianische Bogen und Speere und Webereien, die er uns zeigte. Da er bei all den kleinen militärischen Stützpunkten viel herumfährt, hat er oft Berührung mit ganz wilden Stämmen – den Moros und Tobas und Sanapanás – und war erst kürzlich bei einem Überfall dabei, bei dem mehrere Paraguayer von den Moros getötet wurden. Ihm selber ist nichts passiert. Der General hat nun Befehl gegeben, immer und überall sofort auf auftauchende Indianer zu schießen, ohne erst abzuwarten, ob sie freundlich oder feindlich gesinnt sind.
Dies und die Gerüchte von dem Überfall hatte, wie wir alle, auch der amerikanische Missionar gehört, der sich vorgenommen hat, gerade diese Moros zu bekehren, und er war mit uns gefahren, um dort an Ort und Stelle Näheres zu erfahren, weil er doch schon über ein Jahr hier sitzt, ohne zu irgendeinem Plan oder einer Möglichkeit gekommen zu sein, mit den Moros in Berührung zu treten. Man weiß nämlich gar nicht, wo sie sich aufhalten, da sie ja der Wasserlosigkeit wegen Nomaden sind und bald hier, bald da auftauchen und einsame Viehstationen überfallen. Nun ist der arme Mann ganz verzweifelt, daß der Schießbefehl ergangen ist, weil er sich sagt: Dann ist es ganz ausgeschlossen, jemals friedliche Beziehungen zu denen aufzunehmen. Er hat sich nun in den Kopf gesetzt, dort, wo neulich der Überfall war, ein Haus zu bauen, einen Garten anzulegen, Obstbäume zu pflanzen und Geschenke wie Stoffe und anderes auszulegen, so daß sich die Moros alles wegnehmen können. Er selbst will sich in dem Haus verbarrikadieren und von drin zusehen, wenn sie sich das Zeug nehmen. Er meint, wenn sie sehen, daß sie sich alles nehmen können, ohne daß geschossen wird, könnte er mit der Zeit wagen, hinauszugehen und mit ihnen zu reden (wobei niemand überhaupt jemals die Sprache gehört hat). Der Ort, wo er das Haus hinstellen will, ist 60 km von hier und 45 km von Camacho und 30 km von einem kleinen Militärstützpunkt entfernt, mitten im Urwald.
Nach dieser kleinen Abschweifung wieder zurück zu unserem

Pater Jung. In dem kleinen Kapellchen, das typisch deutsch wirkte – ich kann nicht einmal sagen weshalb –, waren die Balken des Strohdaches von den Ameisen fast ganz aufgefressen, so daß das Dach bald zusammenstürzen wird. Aber es stand ein Harmonium drin, und einer unserer Begleiter spielte gleich »Lobe den Herren, den mächtigen König der Ehren« und »Großer Gott, wir loben dich«, und der Pater sang mit kräftiger Stimme mit und wir anderen auch. Nachher spielte ich noch meine zwei obligatorischen Lieder (mehr kann ich immer noch nicht). Die Patres bauen jetzt ganz allein eine neue Kirche, 35 m lang, 12 m breit und innen 6 m hoch; bis zu den Fenstern haben sie sie schon fertig. Der Staat gibt keinen Pfennig dazu, auch nicht zu ihrem Unterhalt, und von Rom kriegen sie fast nichts, weil sie kaum mit Bekehrungen und Taufen aufwarten können. »Aber«, sagte Pater Jung, »von dem Zeitpunkt an, als Bonifatius nach Deutschland kam, hat es noch 500 Jahre gedauert, bis Deutschland christianisiert war, da dürfen wir nicht denken, daß wir den Chaco in 25 Jahren christianisieren können. Was sind schon 25 Jahre?«

Wir mußten uns leider bald verabschieden, da wir an die Rückreise denken mußten, und ich merkte, wie schwer ihm der Abschied fiel. Bei unserem Gastgeber, dem Leiter der dortigen Filiale unserer Cooperative, aßen wir noch zu Mittag, wobei es als ganz große Besonderheit echte europäische Kartoffeln und Tomatensalat mit Zwiebeln gab, dazu natürlich, wie üblich, zähe Rindsschnitzel, die es übrigens auch schon morgens zum Frühstück und abends zum Nachtessen gibt; Fleisch ist hier sozusagen das tägliche Brot, Brot dagegen ist eine Delikatesse, die man zum Fleisch ißt, damit es besser rutscht.

Der Heimweg verlief bei größter Hitze im wesentlichen nicht anders als der Hinweg, und Erika war froh, als ich endlich spät nachts ankam. Sie wäre ja gerne mitgefahren, weil man hier sonst wenig erlebt, aber wegen des Kleinen ist sie dageblieben, und ich war nachher froh darüber, weil es doch sehr strapaziös war. Es war eine Vergnügungsreise, die kein Vergnügen war!

Fernheim, 10. 11. 1951

Diese Woche haben wir angefangen, auf den Dörfern Gesundheitsbesichtigungen abzuhalten. Alle Leute wurden samt Kind und Kegel auf Malaria, Trachom – eine Augenkrankheit – und Hakenwurm – ein Tropenparasit, der das Blut zerstört – untersucht, außerdem haben wir die »Häuschen« kontrolliert und eine Gesundheitsbelehrung der Erwachsenen durchgeführt. Zwei Dörfer haben wir auf diese Weise an einem Tag durchgenommen. Die Fahrt durch den Busch war diesmal wunderschön. Es hatte geregnet und der Himmel war bewölkt und der Busch so grün, man konnte einfach nicht begreifen, daß das die noch vor wenigen Wochen so trockene, dürre Wüste sein sollte. Wie eine große Parklandschaft sah alles aus. Dazu eine Blütenpracht, vor allem bei den Schlingpflanzen und Kakteen, vom zartesten Weiß bis hochrot, lila, rosa, gelb und blau. Die Kaktusblüten riechen wie Maiglöckchen. So haben wir es nun doch auch ein bißchen schön. Mit dem Wasser können wir jetzt wieder verschwenderisch umgehen, weil bei einem richtigen Regen die Zisterne halb voll läuft, und so wird sie jetzt nicht mehr leer.
Im Krankenhaus ist wenig Betrieb, entweder werden die Leute bei dem schönen Wetter nicht so leicht krank, oder sie haben der Frühjahrsbestellung wegen keine Zeit dazu. Die Schwestern habe ich zur Hälfte beurlaubt, nachdem sie das ganze Krankenhaus innen und außen frisch verputzt und geweißt hatten. Als Verputz nimmt man Kuhmist, den man hier ja zu nichts anderem verwenden kann, vermischt mit Lehm, und er wird ausschließlich mit den Händen geknetet und aufgeschmiert, Handwerkszeug brauchen sie nicht dazu, nur zum Glattstreichen ein Brettchen. Zum Weißen nehmen sie ein Büschel Bittergras, sonst nichts.

Fernheim, 17. 11. 1951

Gestern habe ich 50 Kühe gekauft, und diese werden auf der Kolonieviehstation umsonst geweidet. Nach einem Jahr kommt etwa 45 % Zuwachs dazu, so daß dies eine natürliche Verzinsung ist, abgesehen von der Tatsache, daß das Vieh hier jeweils im Preis steigt, wie das Geld im Wert sinkt. Ich lasse mir jetzt jeden Monat die Hälfte meines Gehalts in Vieh gutschreiben, denn mit der anderen Hälfte können wir uns immer noch bequem alles leisten, was wir wollen und brauchen. So scheint unser Leben auf einer gesicherteren Basis zu stehen. Erika sagte gestern, ich behaupte immer, ich sei kein Geschäftsmann, aber das finde sie nun gar nicht mehr, ja, sie habe geradezu Respekt vor meinen finanziellen und kommerziellen Fähigkeiten! Nun, so schlimm ist es nicht; es hat mich nur oft beunruhigt, wenn ich sah, was das Geld von vor einem Jahr heute noch wert ist. Ihr macht Euch keinen Begriff, wie schnell uns dies Jahr vergangen ist. Wir können es kaum glauben, daß wir jetzt schon bald ein Jahr von daheim fort sind.

An Euren Kohlepreisen sehe ich, daß das Leben auch bei Euch ganz hübsch teuer geworden sein muß. Hier wird die Elektrizität und alles mit Holz gemacht. Bäume, die aus der Wildniszeit noch vor dem Haus oder im Grundstück stehen, werden abgehauen und im Ganzen verbrannt, und zum Feuermachen holt man das Holz aus dem Busch. Neulich sagte ich, das komme mir doch reichlich komisch vor. »Was sollen wir denn sonst machen?« – »Na, ich denke doch, das Holz, das man dicht dabei hat, zersägen und zerhacken, damit man es nicht aus dem Busch zu holen braucht.« – »Ach, das lohnt doch nicht die Mühe, Holz zersägen, im Busch ist alles schon fix und fertig zerfallen, das braucht man nur aufzulesen und hat es schon recht zum Verbrennen.« Andere Länder, andere Sitten.

Im Krankenhaus gibt es, obwohl so wenig Betrieb ist, doch immer genug Aufregung. Wir hatten einen kleinen Jungen, der von einer ganz winzigen Kratzwunde eine Blutvergiftung bekam und von den Eltern in einem aussichtslosen Zustand gebracht wurde. Trotz Penicillin und Sulfonamiden bekam er noch eine Hirnhautentzündung und war zuletzt so apathisch, daß wir glaubten, es gehe zu Ende, und nach den Eltern telefonierten. Der Junge hatte drei Tage nichts mehr gegessen. Aber als die Mutter da war, aß er plötzlich. Ich ließ sie dann im Zimmer bleiben und ihn füttern, und von Stund an ging es dem Kind besser. Jetzt ist er über dem Berg, und die Mutter ist wieder heimgefahren, denn sie hat noch vier Kinder daheim, das sechste kommt bald. Der Junge ist völlig klar und munter. Da kann man sehen, was die seelischen Kräfte einer Mutter ausmachen!

Gestern war die Diplomierung und Einsegnung der Lehrer, die vorige Woche ihr Examen abgelegt haben. Elfriede Rakko, unser Hausgast, war auch dabei. Sie war die Jüngste, schnitt aber am besten ab und mußte eine Rede halten. Natürlich spielte sich wie immer alles in der Kirche ab, und es dauerte mit einer kurzen Mittagspause fast sechs Stunden. Zehn Prediger haben insgesamt gesprochen, und die Chöre haben etwa 15 Lieder gesungen. Jeder Prediger fing mit einem Gemeindelied und Gebet an, so daß ich mich wunderte, daß sie überhaupt noch etwas Neues wußten. Rakkos waren alle da, und wir feierten Abschied, Elfriede fuhr am Abend mit ihnen nach Hause. So sind wir nun allein in unserem großen Haus, was uns noch ganz komisch vorkommt.

Jetzt geht es schon bald auf Weihnachten zu, nicht zu glauben bei der Hitze. Zu denken, daß es jetzt bei Euch kalt sein soll, ist eine komische Vorstellung. Bei mir verwirren sich oft die Begriffe. Man kann sich einfach an diese verkehrte Welt nicht gewöhnen. Der Mond nimmt nicht wie bei uns ab und zu, die Sonnenseite am Haus ist Norden, an Weihnachten sollen sich die Kerzen am Baum vor Hitze krummbiegen, und die Leute singen dazu »Leise rieselt der Schnee«! Oft wundert es mich, wie durch und durch deutsch sie geblieben sind. Gestern bei dem Schulfest sah man es wieder einmal so richtig. Es ist ihnen völlig egal, ob sie mit ihrer Schulbildung außerhalb der

Kolonie irgend etwas anfangen können – sie müssen nämlich, falls sie studieren wollen, in Asunción oder sonstwo sogar mit der untersten Klasse Volksschule anfangen –, Hauptsache, sie haben ihr Kolonieexamen und Koloniediplom. Sie bekommen dafür auch sehr schöne, amtlich aussehende Urkunden. Ihr Examen ist äußerst schwierig, sie müssen tüchtig dafür büffeln. Im Grunde genommen ist es so: Einen Wert hat das alles nur, wenn man nicht die Absicht hat, aus der Gemeinschaft hinauszugehen; dann gilt es genausoviel wie anderswo ein Staatsexamen. Die Kolonien stellen ja ihrer ganzen Struktur nach ein kleines Staatswesen dar. Da die Kolonieleitung nicht haben will, daß jemand abwandert – was ja natürlich doch immer wieder vorkommt –, ist es ihr auch ganz gleichgültig, ob die, die weggehen, mit ihrer Ausbildung anderswo etwas anfangen können oder nicht. Die Lehrbücher bekommen sie fast alle aus Deutschland oder der Schweiz, leider sind sie infolge des schlechten Umrechnungskurses immens teuer. Da sie in den Volksschulen noch alte deutsche Fibeln verwenden, schreiben sie fast alle deutsch, also »gotisch«, wie man hier sagt; nur wenn sie die höhere Schule besuchen, lernen sie lateinische Buchstaben. Eine bemerkenswerte Sache, diese Kolonien, die sich in fremden Ländern durch Jahrhunderte hindurch deutsch gehalten haben. Aus Rußland, Kanada, der äußeren Mongolei, Holland, Polen, Sibirien und China kommen sie hier zusammen und reden alle genau dasselbe breite Platt.

Fernheim, 25.11.1951

Wir haben eine bewegte, schöne Woche hinter uns. Am Dienstag hatte Frau Rakko Geburtstag. Einer plötzlichen Eingebung folgend, nahmen wir ein Auto und fuhren alle Mann hinüber nach Halbstadt. Die Überraschung war vollkommen, die ganze Familie freute sich riesig. Wir blieben bis spät nachts und sangen und musizierten. Es war ein sehr schöner Tag.

Am übernächsten Morgen fuhr ich wieder auf die Dörfer, Gesundheitsbesichtigung. Es war ein entsetzlicher Sandsturmtag. Abends legten wir uns ziemlich früh schlafen, denn ich war von der Dorffahrerei sehr müde. Da, kurz nach Mitternacht wurden wir aufgeweckt. Die Jugend sang hinter den Oleanderhecken vor unserem Schlafzimmerfenster ein Ständchen, ein sehr schönes Geburtstagslied, das ich noch nie gehört habe. Ich will es mir aufschreiben lassen, das muß ich unbedingt lernen. Ihr glaubt nicht, wie schön das ist, so mitten in der Nacht mit einem Ständchen aufgeweckt zu werden! Aber es war so entsetzlich heiß, daß wir nachher nicht mehr einschlafen konnten, wir pappten richtig auf den Matratzen. Plötzlich erhob sich ein gewaltiger Südwind, und wir rannten und holten die Daunendecken, so kalt war es auf einmal, und nicht lange danach prasselte der Regen aufs Dach, ach, welch eine liebliche Musik! Kaum war ich am Morgen aufgestanden, kamen die Schwestern und sangen ein Lied aus unserem Gesangbuch, das sie heimlich eingeübt hatten, wobei man bedenken muß, daß sie es für diesen Zweck eigens in Ziffern umsetzen mußten, weil sie ja keine Noten lesen können. Bald war die ganze Wohnung voll Sträußen, denn bei uns ist jetzt Frühling, und alles blüht schön. Und erst in der Sprechstunde! Viele ehemalige Patienten waren trotz Regen von weit hergefahren, um mir ihre Glückwünsche und allerlei Geschenke zu bringen, Obst, das jetzt sehr rar ist, Gurken, auch eine Delikatesse, Häkeldeckchen, Torten, Sträuße usw., was sie halt so haben. Es hat mich natürlich sehr gefreut, daß sie alle so aufmerksam waren. Leider hatte ich im Krankenhaus zwei sehr schwere Fälle, und so war mir die Geburtstagsstimmung ziemlich vergällt, ich konnte einfach an nichts anderes denken.

Am Samstag hatten wir eine kleine Abschiedsfeier auf der Versuchsfarm bei den sehr netten Forstmeistersleuten. Der holländische Studienrat verläßt demnächst die hiesige Oberschule, und da feierten wir dort draußen. Wir besichtigten, solange es hell war, die Farm, auf der es allerhand zu sehen

gibt, nachher hörten wir Musik von Beethoven und Schubert auf Platten, es war sehr feierlich. Wir saßen dabei um ein kleines Palisanderfeuer, das ja wie Weihrauch riecht, und hatten den Sternhimmel über uns, so weit und groß, wie er eben im Flachland ist.
Später sangen wir und unterhielten uns, erst um Mitternacht fuhren wir mit der Kutsche los.
Ich kutschierte zum ersten Mal in meinem Leben und brachte doch alle lebend heim.

Fernheim, 1. Advent 1951

Endlich kriegen wir doch etwas Weihnachtsstimmung. Heute morgen um 5 Uhr kamen ein paar Kinder mit einem Adventskranz aus Thuja vor die Veranda und sangen und sagten ein Gedicht auf. Auch im Krankenhaus hängen überall Kränze. In der Kirche sangen wir Adventslieder und hörten entsprechende Predigten, und nachmittags und abends kamen noch mehr Kinder und sangen vor dem Haus und brachten Sträußchen und Kränzchen aus Asparagus und Granatäpfeln mit hübsch bemalten Sternchen.
Unsere Indianer, die nah bei unserem Haus wohnen, feiern schon beinahe einen Monat ein großes Fest. Von weit her sind sie in Scharen herbeigeströmt, und nun geht das Gejohle jede Nacht bis fast an den Morgen. Es ist »Ping Ping«, das Mannbarkeitsfest eines neunjährigen Mädchens, für das soviel Aufwand gemacht wird. Gestern abend gingen wir hinaus, um zuzusehen, es war für uns natürlich ein eigenartiges Erlebnis. In einem großen Kreis tanzten sie zu dreißig bis vierzig um ein Feuer und sangen unermüdlich, stundenlang die gleiche monotone Melodie. Engumschlungen liefen sie in kleinen Schrittchen immer rundum, bunt geschmückt, und die übrige Gesellschaft saß drum herum und schaute zu. Man könnte ja denken, es sei gefährlich, da hinzugehen und zuzusehen; sie seien vielleicht beleidigt, daß man ihren Kult beobachtet. Aber weit gefehlt! Gleich kamen eine Menge herbeigelaufen,

die mich kannten. Sie fragten Dr. Rakko, wer er sei, und als er sagte, er sei der Halbstädter Doktor, wiesen sie dorthin, wo »die Halbstädter« ihren Lagerplatz hatten. Die Hunderte von Menschen lagerten also genau nach Orten getrennt. Der Indianer, der uns alles erklärte, redete nicht den gewöhnlichen Mischmasch aus Indianisch, Spanisch und Plattdeutsch, sondern völlig fließend deutsch und sagte, er heiße Gerdi! Er ist in unserem Cooperativladen beschäftigt und hat es da gelernt und ist natürlich nicht wenig stolz darauf. Es ist einfach zu seltsam mit den Leuten, man macht sich keinen Begriff: Da tanzen sie als nackte Wilde ums Lagerfeuer und huldigen ihren Bräuchen, und gleichzeitig reden sie einen auf deutsch an und haben dieselben Namen wie wir.
Das Krankenhaus ist jetzt wieder einigermaßen voll. Es gibt viel Gelbsuchtpatienten, und die müssen viel trinken. Da ist es nun komisch: Die Operierten, die nicht trinken dürfen, lechzen nach Wasser, aber die, die viel trinken sollen, wollen nicht, sie sagen: »Mi derscht nich.« Da haben wir zwei Jungen von 13 und 14 Jahren zu einem Wettstreit aufgefordert. Als ich abends kam und fragte, wieviel sie getrunken hätten, sagte der eine: »30 Glas Tee«, der andere »35!« Da sie dabei einen Riesenhunger entwickelten, hatte der eine 17 Stück Brot gegessen, der andere 15. Haben wir gelacht!
Heute abend fand ich ein Brieflein vor, das mir ein Lehrer und Prediger geschickt hatte. Ich schreibe es ab, weil es mich so gefreut hat:
»Es ist Ihnen hier bei uns wohl recht einsam. Sie verließen das schöne Deutschland, um Menschen, die von den Schicksalswellen in diese Buschwüste verschlagen wurden, zu helfen. In diesen Adventstagen mögen Sie wohl besonders an Ihre Heimat denken. Ich weiß, daß Sie und Ihre Frau Gemahlin ein ganz großes Opfer bringen. Aber werden Sie nur nicht müde und mutlos! Sie haben bereits vielen kranken Siedlern geholfen, und vielen werden Sie noch helfen müssen. Ich persönlich bin froh und dankbar, daß Sie es nicht verschmäht haben, zu uns zu kommen. Gott wolle es Ihnen vergelten! Meine Frau

und ich wünschen Ihnen und Ihrer Frau eine frohe Adventszeit.«

Fernheim, 16.12.1951

Endlich hat sich Gelegenheit gefunden, daß Erika zum Röntgen nach Asunción fliegen konnte, das heißt Gelegenheit, bei der wir auch gewiß wußten, daß sie wieder zurückfliegen kann und nicht die beschwerliche Landreise machen muß. Sie wünschte, ich wäre auch mitgeflogen, damit wir zusammen einmal wieder die Vorzüge der Großstadt genießen könnten. Ich muß aber gestehen, daß ich schon gar keine Sehnsucht mehr danach habe, ich fühle mich in der Wildnis hier wohl, es ist alles so frei und weit und ungebunden. Sie wohnt bei unserem Kolonievertreter, das sind sehr nette, aufgeschlossene Leute, die sie überall herumführen können, wo es etwas zu sehen gibt. Freilich ist Hochsommer, und da wird nicht allzuviel los sein, da alles in die »paraguayische Schweiz« in Sommerfrische gefahren ist, wo es sehr hübsch sein soll mit Bergen, Wasserfällen und richtigem Wald. Eingewanderte Schweizer haben dort vor 30 oder 40 Jahren eine Hotellerie aufgezogen, und der Sommerfrischlerzulauf soll gewaltig sein, sogar aus Argentinien und Brasilien.
Weil es hier doch keine Tannenbäume gibt, habe ich von einem Drechsler eine erzgebirgische Weihnachtspyramide machen lassen, als Überraschung für Erika. Sie wird Augen machen! Außerdem habe ich uns einen Kronleuchter gebastelt; aus aufgeblasenen Rindsblasen sind die Schirmchen, die Gestelle dazu habe ich aus Draht zusammengelötet, den Ring mit den Fassungen habe ich von einem Schreiner aus rötlichem Paradiesholz machen lassen. Ich glaube, daß er sehr schön wird, sechs Lampen hat er, so etwas hat der Chaco noch nicht gesehen!
Die zwei Päckchen mit den Tannenzweigen sind angekommen! Zwar waren fast alle Nadeln abgefallen, aber das macht nichts, sie duften, sie duften! Ich habe alle dran riechen las-

sen, die Leute, die aus Rußland gekommen sind, haben sich noch erinnert, und die hier geboren sind, haben gestaunt über diesen berückenden Duft. An Weihnachten werden wir die Nadeln in die Kerzen halten, damit sie glimmen und das Zimmer mit Tannenduft erfüllen.
Im Krankenhaus haben wir es so organisiert, daß jeder ein Los gezogen hat, wen er beschenken soll, also jeder macht ein Geschenk und jeder kriegt eins, ohne zu wissen von wem. Ich habe nur Handarbeiten erlaubt, keine gekauften Geschenke, jetzt sitzen sie bis spät in die Nacht und sticken und häkeln, ich habe die Halbzehnuhrbettgeh-Verordnung aufheben müssen, damit sie noch fertig werden. Ja, wir haben eine strenge Zucht, wir fangen pünktlich an und hören pünktlich auf, nur so kann man die Fülle der Arbeit bewältigen und noch genug Zeit für sich übrigbehalten.

Fernheim, Weihnachten 1951

Um zunächst bei den Ereignissen vor Weihnachten anzufangen, will ich über Erikas Befinden berichten. Der Lungenfacharzt in Asunción hat keine Tb entdecken können, dagegen einen Riß im rechten Rippfell. Machen kann man da gar nichts als nur Ruhe und Schonung, aber das ist so eine Sache mit ihr, denn sie fühlt sich kein bißchen krank.
Die letzte Woche brachte zwei historische Ereignisse: Cornelius bekam seinen ersten Zahn, gerade an dem Tag, als seine Mutter zurückkam. Und am 20. Dezember habe ich den ersten Indianer operiert, den allerersten überhaupt, der jemals hier operiert wurde. Wir hatten in letzter Zeit eine ausgedehnte Indianerpraxis, viele waren auch stationär im Krankenhaus, aber vom Operieren wollten sie doch nie etwas wissen. Nun kam dieser mit Namen Baron (!) und ließ sich operieren. Nach unseren Begriffen sieht er überaus häßlich aus: Oben hat er zwei Reihen Zähne hintereinander, schwarze Haare wie Pech, das Augenweiße ganz gelb-braun, geradezu zum Fürchten. Aber er ist ein seelenguter Kerl. Wie er

ausgerechnet zu dem Namen Baron kommt, weiß er selbst nicht, ja, er hat nicht einmal eine Ahnung, was er bedeutet. Die Operation ist natürlich das große Ereignis nicht nur des Krankenhauses, sondern der ganzen Kolonie.

Nun zu Weihnachten. Das Bemerkenswerteste daran war, daß es sich in nichts von daheim unterschied, höchstens vielleicht darin, daß wir keine Tannenbäume haben und daß es heiß war anstatt kalt. Anstelle der Tannenbäume nehmen sie hier einen Dornbusch, den sie so zurechtstutzen, daß er genau die Form einer Tanne hat. Natürlich riecht er nicht, aber dafür haben wir ja die Tannenpäckchen von Euch bekommen, und ich muß sagen, daß diese eigentlich am meisten zum Gelingen unseres Weihnachtsfestes beigetragen haben. Ich hatte sie vorher versteckt, so daß Erika nichts davon ahnte. Unsere Halle hatte ich als Weihnachtszimmer hergerichtet, von mittags an durfte sie nicht mehr hinein. Gut, daß unser Haus so viele Ein- und Ausgänge hat, so konnte sie immer von der Küche ins Eßzimmer außen herum turnen. In der einen Ecke stand also der Christbaum, geschmückt mit Blechspiralensternen, die Kerzenhalter hatte ich aus Draht gewickelt. Auf dem Kamin stellte ich die zwei erzgebirgischen Weihnachtsfiguren und die Pyramide auf. Auf dem kleinen Couchtischchen hatte ich die abgefallenen Tannennadeln und die Äste wie ein Heiligtum ausgelegt. Dann hatte ich nachmittags noch die selbstgemachte Lampe aufmontiert, sie sieht wirklich prächtig aus, und die Schirmchen aus Rindsblasen geben ein schönes mildes Licht.

Abends war die Kinderweihnachtsfeier in der Kirche, da gingen wir hin, und ich habe mich so gefreut, denn es war ganz wie einst daheim mit Gedichten und Aufführungen, und wenn die Kleinen dann steckenblieben oder es so herunterleierten wie wir früher, hatte man richtig seinen Spaß daran. Am merkwürdigsten war aber doch für uns, daß die Tatsache, sich im Chaco zu befinden und Weihnachten bei einer Nachttemperatur von 40 Grad zu feiern, völlig ignoriert wurde. Die Geschichten handelten vom tief verschneiten

Tannenwald, von den armen Kindern, die so entsetzlich frieren, weil die Eltern zu arm sind, um Kohlen zu kaufen, vom immergrünen Tannenbaum, der uns ein Vorbild an Beständigkeit sein soll, und »Leise rieselt der Schnee« wurde tatsächlich gesungen, obwohl man die Kerzen am Baum gar nicht anzünden konnte, denn sie waren schon vorher alle von der Hitze geschmolzen und hingen krummgebogen nach unten, ein trauriger Anblick.

Nach der Kinderfeier kamen wir in festlicher Stimmung nach Hause, und unsere Kerzen hatte ich in der Mitte durchgeschnitten, so hatten sie sich gut gehalten, weil sie so kurz waren. Ich zündete sie an, die Tannennadeln erfüllten das ganze Zimmer mit ihrem Duft, und der Kleine schaute mit großen Augen auf die Lichter, darauf hatten wir uns schon lange gefreut. Wir feierten wie zu Hause und hatten, ganz der Tradition von daheim folgend, etliche Einsame zu uns eingeladen: den holländischen Lehrer, unsere Waschfrau, auch eine der zahllosen Frauen hier, deren Männer in Rußland vermißt sind, eine alte 74jährige Frau, die niemanden hat, und unsere Oberschwester. Wir tranken Kaffee, Limonade und Bier – ich bekam eigens auf Weihnachten einen Kasten aus Asunción geschickt.

Erika schenkte mir neben vielem anderen als Jux einige Rollen Clopapier; das gibt es nämlich hier nicht, und ich habe schon oft deswegen gemeckert. Nun hat sie mir diese aus Asunción mitgebracht, sie sind aber so sündhaft teuer, daß man sie sich vernünftigerweise gar nicht leisten kann. So war das ein ulkiges Weihnachtsgeschenk, und wir haben geschrien vor Lachen, als ich sie auspackte.

Unsere Weihnachtsfeier mit dem Krankenhauspersonal war auch sehr nett und harmonisch. Die Schwestern hatten ein Stück eingeübt, das im Schwarzwald spielte – wo sie es nur herbekommen haben? –, und dazu benützten sie natürlich unsere ganze Garderobe, auch der unvermeidliche blaue Kittel und die Zipfelmütze fehlten nicht, die wichtigsten Theaterrequisiten vom ganzen Chaco, die bei jeder Aufführung erscheinen. Es fand alles unter unserem hinteren Schattendach statt, wo man sehr gut Theater spielen kann, die Stuhlreihen standen im Garten. Schwungvolle, gut eingeübte Chöre wechselten mit Gedichten und der Aufführung, ein Prediger hielt die Andacht. Anschließend gingen wir vors Haus, wo wir Kaffee tranken und Plätzchen aßen. Ich staune immer wieder, wie die deutschen Sitten hier bis ins kleinste Detail beibehalten werden. Butterbachesle, Springerle und Zimmetstern mitten im Gran Chaco! Nachher wurden die Gaben verteilt. Jeder hatte sich ja ein Los gezogen, wen er beschenken mußte, und so war die Überraschung groß, besonders als Erika ausgerechnet von der Schwester beschenkt wurde, die zur Zeit unseren Haushalt führt. Diese hatte ihr ein Sofakissen in ganz winziger Kreuzstichstickerei gemacht, ein Stich am anderen, wie ein richtiges Bild, und ich hatte die ganze Zeit mit ihr gescholten, wenn sie daran arbeitete; ich sagte immer, so was Verrücktes, so eine Riesenarbeit zu machen! Und sie fragte mich dann, welche Farbe sie für die einzelnen Motive nehmen solle. Das gab ein Hallo, als das Ding nun ausgerechnet für Erika war! Von allen Schwestern zusammen bekamen wir ein gesticktes Bild »Die Liebe höret nimmer auf«, rundherum alles vollgestickt mit Blumenranken, das ist so echt Mennonitengeschmack, als feine Handarbeit wundervoll. Der Rahmen ist Intarsienarbeit aus allen Edelhölzern des Chaco, und das sind viele. Dann bekam ich von den Patientinnen eine Unmenge gehäkelter Deckchen, so daß in Zukunft kein Plätzchen in unserem Haus unbedeckt sein wird. Außerdem regneten die Glückwünsche in Form von amerikanischen, spanischen und deutschen Kärtchen nur so ins Haus, dazu erhielten wir Körbe voll Obst und Blumen. Überhaupt Blumen! Könnt Ihr Euch das vorstellen, daß an Weihnachten im Garten Phlox, Zinnien, Sonnenblumen blühen und die wilden Fliederbüsche ihren berauschenden Duft verströmen? Ich habe allerdings kein einziges Blümchen ins Weihnachtszimmer genommen, um uns die Illusion nicht zu zerstören.

Von nachts um 12 Uhr an sangen die jungen Burschen und

Mädchen bis frühmorgens Weihnachtslieder, wobei sie langsam auf den Straßen auf und ab gingen. Es waren zwei Chöre, weil die Stadt ja räumlich so groß ist. Das ist hier so Brauch. Bei uns kamen sie auf den Hof und sangen direkt vor dem Haus eine Motette, es war wunderbar. Ich glaube, wir waren die einzigen, die noch auf waren, wir konnten nicht ins Bett finden, es war so schön. Nachts regnete es und kühlte ab, das war herrlich.

An den beiden Feiertagen ist es hier Sitte, daß man Familientreffen abhält. Am einen Tag besucht man die Großeltern mütterlicherseits, am anderen die Großeltern väterlicherseits. Da kann man Geschlechter sehen wie im Alten Testament, manchmal über hundert Personen, alles Kinder, Schwiegerkinder und Enkel, es ist einfach gewaltig. Am dritten Feiertag – den gibt es hier noch – ruht man sich dann von der vielen Feierei aus.

1952

Fernheim, 13. 1. 1952

Hier ist es heiß; das ist nichts Neues, aber für uns ist es jeden Tag neu, so neu, daß wir vor lauter Staunen nicht dazu kommen, einen klaren Gedanken zu fassen. Man mag nicht sitzen, stehen und liegen, nicht gehen, nicht arbeiten – kurz, man weiß nicht, welche Stellung man einnehmen soll, um es auszuhalten. Zum Glück habe ich nicht viel zu tun, da die Bauern auf dem Feld arbeiten müssen und keine Zeit haben, um krank zu sein. Wie sie das bei der Hitze überhaupt durchstehen, ist mir ein Rätsel. Wenn ich operiere, bin ich schon, ehe ich anfange, so naß, daß es aussieht, als ob ich in Kleidern unter der Dusche gestanden hätte, und während der Operationen muß mir fortlaufend eine Schwester den Schweiß wischen, damit er nicht durch die Maske hindurch auf den Patienten tropft.

Diese Woche hatten wir Gebetswoche. Trotz der großen Hitze war es immer sehr voll. Es ist geradezu erstaunlich, wie frei und offen und ohne jegliche Hemmungen die Kolonisten in wohlgesetzten Worten beten können. Hier lesen alle Leute jeden Tag in der Bibel. Es war ergreifend, wie die Menschen bei der Gebetswoche immer wieder dafür dankten, daß sie hier in dieser Wildnis ungehindert ihres Glaubens leben dürfen. Sie merken gar nicht, daß es überhaupt nur ihr Glaube ist, der ihnen ein Leben hier möglich macht. Ohne ihn wären sie schon längst entweder in die Städte abgewandert oder zugrunde gegangen.

Fernheim, 3.2.1952

Letzte Woche war die Jahreshauptversammlung der Kolonie. Da gab es interessante Daten und Berichte. Denkt Euch nur, von 78 Geburten haben wir 75 im Krankenhaus gehabt. Und im ganzen Jahr gab es nur vier Todesfälle, davon eine 92jährige Frau und ein 81jähriger Mann, dann die Frau mit der Gallenblasenoperation und eine Frau, die am zehnten Kind gestorben ist. Es war ein tragischer Fall, aber die Leute sagten, die Ehe sei sehr unglücklich gewesen, weil der krankhaft eifersüchtige Mann die Frau oft verprügelt habe. Der Bruder und die Mutter der Frau sagten selber zu mir, der liebe Gott habe es recht gemacht, daß er sie heimgeholt habe; denn bei den Mennoniten gibt es ja keine Ehescheidung, und so hätte sie ewig weiterleiden müssen. Das älteste Kind, ein Mädchen, ist 14 Jahre alt, sie muß jetzt den ganzen Haushalt machen und die Geschwister großziehen. Aber dabei denkt sich hier niemand etwas, denn mit zwölf Jahren ist für Jungen wie für Mädchen die Jugend endgültig vorbei, und man erwartet die Arbeitsleistung eines ausgewachsenen Menschen von den Kindern. Sie sagen, das sei bei den Mennoniten immer so gewesen, auch in Rußland, und zwar hauptsächlich aus erzieherischen Gründen, da kämen die Kinder nicht auf dumme Gedanken. Ein Junge von zwölf pflügt und macht alle Feld-

arbeit, und ein Mädchen im gleichen Alter backt Brot für die ganze Familie, wäscht die große Wäsche und verputzt und weißt die Häuser. Ich denke dabei unwillkürlich an unsere Kindheit zurück, die so froh und unbeschwert war, und erinnere mich, wie wir meinten, wir müßten schrecklich viel arbeiten, wenn wir manchmal Ausgänge fürs Geschäft machten oder ein bißchen im Garten herumwurschtelten und Äpfel auflasen. Was ist das alles gegenüber der Jugend dieser Kinder, die in der Sonnenglut auf dem Feld hacken und pflanzen und Baumwolle pflücken müssen! Aber wenn man schließlich das Endresultat sieht, dann muß man eingestehen, daß das Erziehungsergebnis viel besser ist. Es gibt wohl einmal, ganz selten, ein schwarzes Schaf, aber meist sind alle zehn bis zwölf Kinder der Familien wohlgeraten, respektvoll gegen die Eltern und ehrbare Menschen, wenn sie groß sind.
Um nochmals auf die Jahresversammlung zurückzukommen: Auf 2500 Menschen 78 Geburten und 4 Sterbefälle, wo gibt's das noch in der Welt? Antwort: In der Nachbarkolonie Menno, wo sie auf 3500 Menschen 150 Geburten im Jahr haben. Ebenso ist es in Dr. Rakkos Kolonie. Ich mußte die erste Rede halten über den Krankenhausbetrieb und über den allgemeinen Gesundheitszustand der Kolonie. Natürlich hat es ihnen sehr imponiert, daß ich 300 Operationen gemacht habe, viel mehr als jemals zuvor, weil ich ja alle Augen- und Hals-Nasen-Ohren-Operationen auch übernehme, die früher in Asunción gemacht werden mußten. Sie haben mir öffentlich ihren Dank ausgesprochen. Ach, es ist ein schönes Gefühl, gebraucht zu werden, man kann es nicht mit Geld abstatten oder ersetzen, auch nicht mit einem bequemen Leben.

Fernheim, 10. 2. 1952

Nun sind die »Deutschländer« da! Des Fragens und Erzählens war kein Ende. Beide Füllbrandts sind wohlbehalten hier angekommen, und besonders Traude fühlt sich bis jetzt so wohl wie in Deutschland schon jahrelang nicht mehr. Bei der

großen Hitze ist dies doch ein vielversprechender Anfang. Sie haben schon fleißig auf ihrem neuen Grundstück gearbeitet, Ameisen vertilgt und Bäume gepflanzt. Nächste Woche will Werner mit einem Schreiner seinen Schmiedeschuppen errichten und dann etwa vier Wochen zu einem Schmied der Kolonie in die Lehre gehen, damit er sieht, wie hier die Sache gehandhabt wird. Von allen Menschen sind sie freundlich aufgenommen worden, alle erinnern sich noch lebhaft seines Onkels und seines Großvaters, dessen Andachtsbuch und Gesangbuch sie heute noch benutzen. Spuren über Jahrzehnte und über Erdteile hinweg!
In der Nachbarkolonie Menno ist spinale Kinderlähmung ausgebrochen. Ich habe alles absperren lassen, damit niemand von unserer Kolonie dahin kommt. Zum Glück treten alle derartigen Krankheiten meist nicht epidemisch auf, wahrscheinlich weil die Menschen doch sehr weit auseinander wohnen und vielleicht auch wegen der starken Sonnenbestrahlung. Scharlach und Masern und ähnliche Krankheiten sind hier gänzlich unbekannt; ich wundere mich, wie diese Krankheit hierher kommen konnte.

Fernheim, 20. 2. 1952

Hurra! Die Kisten sind angekommen! Ach, war das eine Freude! Vor Aufregung war ich ganz zittrig und mußte mich erst einmal hinsetzen, als wir sie offen hatten, bevor ich ans Auspacken gehen konnte. Ich weiß gar nicht, wo ich anfangen soll bei all den Herrlichkeiten, deshalb zuerst das Harmonium als das ideell und materiell wertvollste Geschenk. Es war ganz und gar unbeschädigt, und das, obwohl die Wege von der Endstation so aufgeweicht waren, daß kein Lastauto und kein Pferdefuhrwerk fahren konnte, sondern nur Ochsengespanne. Nun steht es in unserer Halle, wo wegen der wenigen Möbel und des Steinplattenfußbodens eine schöne Akustik ist. Es klingt wundervoll, und wir spielen oft darauf. Ich will nun fleißig üben, damit ich es wenigstens bei Lebzei-

ten noch dazu bringe, Lieder spielen zu können. Ihr habt uns eine riesengroße Freude damit gemacht. Dann die Kuckucksuhr! Sie hängt auch in der Halle und erfreut uns alle halbe Stunde mit ihrem fröhlichen »Kuckuck«, außerdem wird sie von allen, die zu uns kommen, angestaunt, besonders von den Kindern, für die ist sie ein reines Wunderding.
An den Büchern haben wir besonders große Freude, und die vielen Fotos in den Alben haben uns sehr erheitert. Da das Foto-Ansehen die Lieblingsbeschäftigung der Fernheimer ist, vor allem, wenn es etwas aus Deutschland zu sehen gibt, haben wir jetzt genug Unterhaltungsstoff. Noch vieles andere kam aus den Kisten heraus, habt herzlichen Dank für all Eure Liebe. Ihr habt uns mit allem ein rechtes Stück Heimat geschickt.

Fernheim, 27. 2. 1952

Da heute ein Flugzeug gehen soll und ich nicht weiß, wann das nächste fliegt, will ich ausnahmsweise unter der Woche schreiben. Wir haben von Euch schon lange keine Post mehr bekommen, denn es regnet jetzt sehr viel und die Wege sind so schlecht, daß an kein Durchkommen zu denken ist. Die Leute reisen fast nur noch per Flugzeug, zumal es jetzt kaum mehr teurer kommt als die Flußfahrt. Die Flugzeuge nehmen unsere Post mit, aber mit dem Herbringen ist es leider noch nicht organisiert.
Bei uns ist es jetzt wie im Sommer in Deutschland, recht angenehm, so um 35 Grad, und nachts immer kühl. Die Abende sind so schön, daß wir meist bis Mitternacht unter den Bäumen draußen sitzen und uns vom Grammophon klassische Musik herzaubern lassen. Oft kommen Leute dazu und hören mit.
Zu operieren gibt es wieder genug, und das Krankenhaus ist sehr voll. Die spinale Kinderlähmung in der Nachbarkolonie ist im Erlöschen, acht Fälle waren es im Ganzen. Einer ist gestorben und einer gelähmt geblieben.

Fernheim, 9.3.1952

Gestern hatten wir eine der musikalischsten Familien der Kolonie eingeladen. Die singen alle ganz hervorragend, natürlich ohne irgendwelche Schulung. Sie haben auch keine besonders schönen und aparten Lieder, aber sie sind begierig, etwas Neues zu lernen. Wir, die wir nicht so schöne Stimmen haben, aber viele herrliche Lieder kennen, haben ihnen etliches beigebracht, und sie haben so schnell mitgesungen, daß bald ein wunderschönes Doppelquartett beisammen war. Unsere Musiker – Traude am Harmonium, Werner mit der Geige und Erika mit der Flöte – haben nette Stücke gespielt, sie sind schon ganz aufeinander eingefuchst. Erika übt auch fleißig auf dem Harmonium, wenn niemand daheim ist. Mit dem Harmonium ist unser Leben um so viel reicher geworden, und die Menschen beneiden uns sehr darum, denn ein Harmonium ist für die Mennoniten das Höchste der Gefühle. Sie hatten in Rußland alle welche, und die Alten erzählen den Jungen so viel davon, daß sie ganz darauf versessen sind. Hier ist gar keine Gelegenheit, ein Harmonium zu kaufen; es gibt auch in der Kirche keines.

Fernheim, 17.3.1952

Erikas Geburtstag verlief sehr harmonisch und schön. Nachts um 4 Uhr sangen die Schwestern vor dem Schlafzimmer »Befiehl du deine Wege« und stellten Sträuße mit Glückwunschkarten in die Halle. Morgens sangen wir selber ihren Lieblingschoral: »Lobe den Herren.« Cornelius stand laut krähend in seinem Bettchen; man merkte richtig, wie stolz er auf seine Leistung war. So nach und nach kamen Kinder- und Jugendgruppen, sagten Gedichte auf und sangen, es nahm kein Ende den ganzen Tag. Außer hübschen Handarbeiten bekam sie Blumen in Hülle und Fülle, so daß wir nichts mehr hatten, um sie reinzustellen, und kein Plätzchen mehr frei war. Hier ist ja jetzt gerade die Hauptblumenzeit.

Morgen nehme ich den Schwestern das Zwischenexamen in Chirurgie ab, sie büffeln schon seit einer Woche fast Tag und Nacht und sterben beinahe vor Angst. Wie lebhaft erinnere ich mich da an meine Examensnöte, und ich muß lachen bei dem Gedanken, daß ich nun derjenige sein soll, vor dem man zittert. Ich sagte: »Kinder, vor mir braucht ihr doch keine Angst zu haben!« Da meinten sie, vor mir hätten sie auch keine, aber vor dem, was ich frage. Gut, was?

Fernheim, 30. 3. 1952

Heute ist eine sibirische Affenkälte von + 18 Grad, und wir frieren wie die Schneider, ich habe ganz steife Finger und kann kaum schreiben. Nur Erika hat jetzt ihre gute Zeit und fühlt sich pudelwohl, sie lacht über unsere komischen Vermummungen. Besonders die Indianer sind sehenswert, sie ziehen alles an, was sie erwischen können, alte Lumpen, Strandhüte, Hosen, Westen, Decken usw. Wie Fastnacht sieht es aus. Wenn wir bei 18 Grad schon so frieren, frage ich mich, wie das werden soll, wenn wir wieder einmal in ein gemäßigtes Klima kommen.
Mein Tag ist rundherum ausgefüllt, seit ich noch an der Realschule unterrichte, vor allem, da ich mich ja auch vorbereiten muß; ich kann den Kram einfach nicht mehr aus dem Stegreif. Aber wenigstens machen einem die Kinder Freude mit ihrer ungeheuren Lern- und Wißbegierde. Sie hängen einem an den Lippen. Schwatzen oder gar Streiche machen, wie wir früher, kommt gar nicht in Frage. Natürlich bemühe ich mich, den Unterricht so lebendig und interessant wie möglich zu gestalten. In der Botanik mache ich allerlei Versuche über Keimung, Assimilation, Osmose und Atmung mit ihnen, sie dürfen mikroskopieren und haben wirklich Spaß daran.
Nächsten Sonntag haben wir Cornelius' Segnungsfest. Wir haben diese Form gewählt, weil es ja hier keine Kindertaufe gibt und weil es mir zu prosaisch vorkam, ihn hier im Haus selber zu taufen, wie ich es ursprünglich vorhatte. Wir woll-

ten einfach nur eine kirchliche Feier machen, aber jetzt haben die Schwestern und junge Leute Theaterstücke (fromme!), Gedichte und Chöre eingeübt, so daß wir doch hinterher hier beim Haus ein Fest geben müssen. Da wir nicht einzelne Leute einladen können, ohne andere zu beleidigen, haben wir einfach eine Einladung in die Zeitung gesetzt, daß alle, die Lust haben, willkommen sind. Und so rechnen eingeweihte Kreise mit mindestens 1000 (tausend!) Personen, die von -zig Kilometer Entfernung herkommen. Das zieht nun wieder nach sich, daß wir sie bewirten müssen, und so gibt das ein richtiges Mennonitenfest. Uns ist angst und bange davor, aber die Schwestern und der Apotheker wollen alles machen, backen, servieren, die Bänke aufstellen und was alles dazugehört. Die größte Sorge ist uns, daß der kleine Kerl, der die Hauptrolle spielt, in der Kirche ruhig ist und nicht schreit.

Fernheim, 20.4.1952

In der Kolonie gab es einen Sturm im Wasserglas. Für dieses Schuljahr sollte nämlich das Turnen für Mädchen obligatorisch eingeführt werden, und zwar mit Sporthosen. Jetzt haben sich verschiedene Eltern geweigert, ihre Mädchen in so unsittlicher Aufmachung herumlaufen zu lassen, und berufen sich auf das Alte Testament, wo irgendwo geschrieben steht, daß Frauen keine Männerkleider tragen dürfen. Schließlich trat die KfK – Kommission für kirchliche Angelegenheiten – zusammen, die aus den Ältesten der drei Gemeinden besteht, um darüber zu beraten. Sie wurden sich nach heftigen Auseinandersetzungen einig, das Turnen und die Sporthosen beizubehalten, aber den Eltern freizustellen, ob sie ihre Mädchen mitmachen lassen oder nicht. Wir konnten nur noch lachen. Wenn man bedenkt, was wir in Deutschland in den letzten Jahren alles hinter uns gebracht haben, mit welchen Problemen wir uns herumzuschlagen hatten – und die in ihrer Wildnis finden es der Mühe wert, von solch einer Lappalie soviel Aufhebens zu machen! Es scheint doch so, daß der

Mensch Sorgen braucht zum Leben, und wenn er keine hat, macht er sich selbst welche.
Seit unser Neubau fertig ist, gefällt es uns nochmal so gut. Auf der mit wilden Weinranken bewachsenen hinteren Veranda habe ich Blumenkästen aufgestellt, elektrisches Licht gelegt und Liegestühle sowie kleine und große Tische mit Stühlen verteilt, und so sitzen wir meist draußen, »unter dem Schattendach«, wie man hier sagt, zumal es jetzt so schön kühl ist. Im Haus sind wir bloß zum Schlafen, denn es ist viel zu kalt darin. Die Häuser sind ja alle so gebaut, daß kein Sonnenstrahl hineinfällt. Leider hat die Trockenzeit dieses Jahr schon sehr früh begonnen, unsere Zisterne ist nur noch halb voll, wir werden bald Brunnenwasser zum Waschen nehmen müssen, und das ist so salzig, daß die Haut aufplatzt. Ekelhaft.
Nun noch etwas sehr Erfreuliches: Wir haben unseren Röntgenapparat wieder, er funktioniert jetzt tadellos, und Erika war gleich die erste, die wir durchleuchtet haben. Sie ist jetzt völlig gesund, man sieht keine Spur mehr von der abgelaufenen Krankheit. Gott sei Dank!

Fernheim, 7. 5. 1952

Bei uns hat seit ein paar Tagen der Nordsturm begonnen, so gibt es jetzt eine schwere Zeit, sowohl körperlich für uns selbst, als auch beruflich, weil viele Leute krank werden. Das Krankenhaus ist auch schon wieder ziemlich besetzt. Unser Operationshäuschen wurde innen frisch verputzt und geweißt, so mußten wir im Entbindungszimmer operieren, und zwar bei Taschenlampenbeleuchtung, weil die Lichtmaschine wieder einmal kaputt war. Ein Glück, daß ich es schon halb im Schlaf kann. Überhaupt gewöhnt man sich an vieles hier, wovon man sich daheim nichts hätte träumen lassen. Das Eigenartige ist, daß alles, selbst die schweren Fälle, viel besser abläuft als daheim; auch können die Leute in so kurzen Zeiten wieder entlassen werden, daß man es nicht für möglich halten sollte.
Erika und ich wollen eine Taubstummenschule aufmachen für

alle taubstummen deutschen Kinder im ganzen Land. Es bedrückte mich schon lange, daß sich kein Mensch um die armen Geschöpfe kümmert. Sie wachsen auf ohne Schule, ohne alles, sie können nicht einmal lesen und schreiben, von Religion ganz zu schweigen. All ihr Denken richtet sich nur auf die konkreten Dinge des Lebens, die kleinen Verrichtungen, die sie machen. Aber da ich ja nicht gelernt habe, wie man Taubstumme unterrichtet, kam ich gar nicht auf die Idee, daß ich selber in dieser Sache etwas tun könnte. Da hatte ich vor einiger Zeit ganz spontan die Eingebung, es müßte gehen, wenn ich einen fände, der in einer Taubstummenschule war. So hielt ich Ausschau und fand auch einen, der willig war, mir zu zeigen, wie es gemacht wird. Er selbst kann ja nicht unterrichten, weil er nichts hört. Erika war auch gleich dafür und meinte, da ich so wenig Zeit hätte, könnte sie es ja machen.
Nun fingen wir mit einer Taubstummen an, die hier in der Nähe wohnt, und zu unserer größten Überraschung hatten wir gleich einen Erfolg. Erst mußte sie die Vokale lernen, indem sie ihre eine Hand an meinen Kehlkopf legte, die andere an ihren eigenen, und dazu saßen wir beide nebeneinander vor einem großen Spiegel, so daß sie ihre Mundstellung und meine sehen konnte. A ging gleich ganz gut, U und I auch, aber O und E machten ziemliche Schwierigkeiten. Dann kamen einige Konsonanten an die Reihe, und als ich sie »Pa« gelehrt hatte, machte ich ihr »Papa« vor, und sie sagte es ganz normal und fehlerfrei nach. Da zeigte ich auf ihren dabeisitzenden Vater, so daß sie verstand, dies sei der Papa, und als sie sah, was sie sagen konnte, konnte sie sich vor Freude schier nicht fassen und hielt die Hände vors Gesicht, als ob sie heulen wollte.
Nach diesem Anfangserfolg merkten wir, daß es zwar eine unheimliche Geduld erfordert, daß wir es aber doch können. Und so haben wir beschlossen, eine regelrechte Klasse aufzumachen und die andern Kinder im Lande auch dazu herzuholen. Die Kolonie ist einverstanden.
Zur Zeit haben wir schulärztliche Untersuchung. Jeden

Nachmittag kommt eine Schule dran, aber die Kinder kommen zu uns, denn wir haben ja jeden Tag Unterricht in der Schwesternschule und in der Oberschule, da können wir gar nicht weg. An manchen Tagen ist ein toller Trubel. Gestern zum Beispiel hatte ich morgens vier Operationen, nach dem Essen kamen ein paraguayischer Hauptmann mit Frau und ein deutscher katholischer Pater von der Mission am Pilcomayo drunten und besichtigten das Krankenhaus. Dann hatte ich Unterricht und Erika machte Mütterberatung, so daß wir den Besuchern sagten, sie sollten sich die Stadt ansehen und um 5 Uhr zum Kaffee kommen. Bis 4 Uhr dauerte meine Schule, und dann kamen die Schulkinder zur Untersuchung, und ich wurde natürlich nicht bis 5 Uhr fertig. Erika sauste nach Hause und bewirtete die Gäste mit Mokka, aber sie kann ja nicht Spanisch. Pater Jung, der hätte dolmetschen können, setzte sich sofort ans Harmonium und spielte Weihnachtslieder, »Stille Nacht« usw., und Erika bestritt die Unterhaltung mit italienischen und lateinischen Brocken, das muß eine Gaudi gewesen sein! Als ich dann endlich nach Hause kam, mußten die Besucher gerade aufbrechen. Dann hatte ich Visite, und nach dem Nachtessen kam die Taubstumme zum Unterricht, zwei Stunden lang. Erika war im Frauenmissionsverein. Da weiß man, was man geschafft hat, aber es ist auch schön, mit dem Gefühl ins Bett zu sinken, daß man etwas Nützliches zuwege gebracht hat.

Fernheim, 17. 5. 1952

Eine sehr schwere Woche liegt hinter uns. Solche Zeiten, wo man am Verzagen ist, gibt es ja immer wieder im Leben, und man muß einfach alles, was man an Mut und Vertrauen und Kraft hat, zusammennehmen, um noch weitermachen zu können.
Erst nahm der Sturm aus Norden einen geradezu orkanartigen Charakter an, und zwar bläst er dieses Jahr nicht wie letztes Jahr nur von 9 Uhr früh bis nachmittags 17 Uhr, son-

dern heult und tobt und orgelt Tag und Nacht ununterbrochen fort, dichte Wolken von Staub vor sich herpeitschend, so daß man oft fast nicht die Hand vor den Augen sieht. Man muß natürlich alles zumachen, Läden, Fenster, Türen, so daß man sich im Haus wie in einer Höhle vorkommt. Dabei ist es genau so heiß wie im ärgsten Sommer, denn der Wind hat 40–45 Grad. Er dörrt einen völlig aus, so daß man sich wie eine Hutzel vorkommt und keinen klaren Gedanken fassen kann. Diese Hitze ist viel schlimmer als die im Sommer, bei der man wenigstens schwitzen kann. Nachts kann man kaum ein Auge zutun, erstens wegen des Getöses draußen, bei dem man die wilde Jagd vorbeisausen zu hören meint, zweitens wegen der heißen, dumpfen Luft, bei der man kaum atmen kann. Kurz, es ist wirklich ein Vorgeschmack der Hölle, und man fragt sich, ob es noch einen abscheulicheren Fleck auf der Erde geben kann als den Chaco, und warum Gott gerade diesen Landstrich so gräßlich gemacht hat, das heißt wieso Menschen gezwungen sind, hier zu leben. Was uns hochhält, ist die Tatsache, daß die Menschen hier uns gerade jetzt am nötigsten brauchen, denn es ist ja klar, daß sie unter diesen Umständen am meisten krank werden. Aber so früh wie dieses Jahr haben angeblich die Stürme noch nie angefangen, und weil die Trockenheit schon wochenlang andauert, fängt alles an zu verdorren, sogar die Zitrusbäume rollen schon die Blätter ein.

Nun kam am Montag der lange Onkel mit dem Magengeschwür aus der Mennokolonie, einer meiner ersten Patienten letztes Jahr, dessen unzählige Kinder damals kamen, um Blut zu spenden. Inzwischen war er mehrere Male hier, immer mit schweren Blutstürzen, die ihm jedesmal beinahe das Lebenslicht ausgeblasen hätten. So hatte er sich nun zur Operation entschlossen und ließ es sich nicht ausreden. Ich fragte mich immer und immer wieder, ob ich es verantworten kann, bei diesem Wetter zu operieren, erstens wegen des Staubes, der überall durchdringt, zweitens wegen der Austrocknungsgefahr, wenn der Patient nach der Operation tagelang nicht trinken kann. Schließlich mußte ich mir aber sagen, daß kein Mensch weiß, wie lange dieser Sturm vorhält, es kann ja Monate dauern, und so lange kann ich den Mann nicht hierbehalten, heimschicken kann ich ihn aber auch nicht, wenn er bei diesem Sturm 80 km mit dem Fuhrwerk durch den Busch fahren muß. Es war wirklich ein Dilemma. So entschloß ich mich nach eingehender Beratung mit den anderen Ärzten, es zu wagen. Wir verbarrikadierten alle Fenster und Türen des Operationshauses mit Tüchern außen und innen doppelt und dreifach, dann wischten wir kurz vor der Operation alles naß ab und fingen schon um 6 Uhr früh an, weil da die Gewalt des Sturms etwas nachläßt. Dr. Rakko war am Abend vorher mit bewunderungswürdiger Ausdauer die 35 km von Halbstadt herübergefahren, aber man kannte ihn fast nicht mehr, so eingestaubt war er.

Die Operation dauerte drei Stunden, und da ja alles dicht war, kann man sich vorstellen, wie naßgeschwitzt wir alle waren. Am ersten Tag ging es dem Patienten schlecht, und in der Nacht mußte ich mehrere Male raus. Dann wurde es besser und am dritten Tag so gut, daß ich die Familie, die in großer Zahl mitgekommen war und Tag und Nacht ums Krankenhaus lungerte, nach Hause schickte und auf später wiederbestellte, um ihn abzuholen. Aber der Mensch denkt und Gott lenkt. Trotz Bluttransfusionen und Infusionen, literweise, und trotz aller übrigen Maßnahmen sackte er ganz plötzlich ab und starb gestern abend. Ihr könnt nicht ermessen, was das für mich bedeutete, ich konnte es schier nicht fassen. Wenn man wegen eines Patienten soviel ausgestanden und alles Menschenmögliche getan hat, kommt man sich wie vom Schicksal betrogen vor, und ich muß sagen, daß das immer eine große Anfechtung für meinen Glauben ist, wenn ich so voller Gottvertrauen an eine Sache gegangen bin und dann doch eine Niederlage erleiden muß. Ich besehe mir dann meine Hände und denke, die sollten zum Segen sein und sind zum Fluch geworden für eine ganze Familie – dies ist ein schrecklicher Gedanke, wenn man sich auch hundertmal vorsagt, daß man alles richtig und nach allen Regeln der Kunst gemacht hat und daß man doch nicht Herr über Leben und Tod ist. In solchen Augenblicken möchte ich den Beruf an den Nagel hängen. Dann ist es Erika, die mich daran erinnert, wie vielen ich schon geholfen habe. Überhaupt ist sie diejenige, die immer unverdrossen ist und trotz all dieser Unbilden immer gute Laune hat und andere aufrichtet.

Ich überlegte mir nun hin und her, was ich wegen der Angehörigen tun sollte, denn es ging doch nicht, daß ich sie nicht benachrichtigte und den Mann einfach hier beerdigen ließ. Man muß ja wegen der Hitze die Toten möglichst bald begraben. Schließlich fuhr ich mit dem Jeep in die Nacht und den Sturm hinaus, um zu versuchen, sie irgendwo unterwegs einzuholen. Ich hoffte, daß sie die 80 km weite Strecke nicht in einem Zug zurückgelegt, sondern irgendwo Rast gemacht hätten, was sich dann zu meinem Glück bewahrheitete, so daß ich sie 20–25 km von hier bei Verwandten antraf. Ich nahm die Frau und einen von den Söhnen mit hierher; sie überführten den Toten in ihr Dorf, gleich in der Nacht noch.

Der zweite Fall war ein 15jähriges Mädchen, das mit Vater und Geschwistern zur Blinddarmoperation hierher kam, und zwar – unglaublich, aber wahr! – aus Argentinien, von jenseits des Pilcomayoflusses. Da sie keinen Wagen besitzen, mußten sie die 80 km von ihrem Wohnort bis zum Fluß reiten, von da fuhren sie mit einem geliehenen Fuhrwerk 350 km weit bei diesem Wetter durch den Busch. Mit Blinddarmentzündung! Die Mutter ist vor fünf Jahren von ihrem Mann und ihren sieben Kindern weggelaufen, und daß das arme Ding als die älteste Schwester schon mit zehn Jahren den Haushalt machen mußte, die Geschwister aufziehen, kochen, backen, waschen usw., schien mir ein sehr hartes Los.

Der Vater wollte die Kleine schon nach drei Tagen wieder aus dem Krankenhaus nehmen, weil er nicht genug Essen und zu wenig Futter für die Pferde mit hatte, um länger zu bleiben. Solche Leute kaufen hier nicht gerne ein, weil sie nicht viel

Bargeld besitzen und es ihnen deshalb als Verschwendung vorkommt, Geld für Naturalien auszugeben, die sie ja daheim in Hülle und Fülle selbst haben. Sie nehmen deswegen alles mit, was sie unterwegs und hier brauchen, das Vieh meistens lebend. Sie schlachten es, hängen es in großen Stücken zum Trocknen in die Sonne oder braten es am Spieß am offenen Feuer. So sieht dann der gleich beim Krankenhaus gelegene »Spanische Hof«, wie die Mennoniten sagen, abends aus wie eine Szene aus Wallensteins Lager, denn das Haus selbst, das vollständig leer ist, wird nur bei Regenwetter benützt.
Heute mußte das Mädchen, acht Tage nach der Operation, die entsetzliche Rückreise antreten.
Dann hatte ich noch einen kleinen Patienten, den ich am gleichen Tag wie den alten Onkel operieren sollte, aber als ich im OP saß und auf ihn wartete, stellte sich heraus, daß er die Flucht ergriffen hatte. Mein Schrecken war groß, wußte ich doch nicht, wo ich ihn suchen sollte, und ich hatte Angst, daß er in den Busch gerannt sein und sich dort verirrt haben könnte, was seinen sicheren Tod bedeutet hätte. Gegen Abend riefen dann Leute von einem Dorf einige Kilometer von hier an, er sei dort gelandet und habe ein Fuhrwerk verlangt, das ihn heimbringe; er wohnt 20 km von hier. Auf ihre Fragen habe er schließlich die Wahrheit erzählt, daß er aus Angst vor der Operation aus dem Krankenhaus ausgerissen sei. Ich sagte natürlich, sie sollten ihn herbringen. Das tat der Schulze des Dorfes, und der Junge kam in ziemlich elender Verfassung hier an. Das kann man sich denken, denn ich hatte ihn ja nicht ohne Grund zur Operation vorgesehen. So mußte ich am Abend nochmals anfangen zu operieren.
Unsere Taubstummen machen gute Fortschritte. Es ist höchst interessant, ihre Physiognomie zu beobachten, wenn sie etwas verstanden haben. Sie müssen ja viererlei lernen, um ein einziges Wort aufzunehmen: 1. vom Mund ablesen, 2. nachsprechen, 3. schreiben und lesen und 4. verstehen, was es bedeutet, und auch behalten. Das Lernen ist also für sie viel

schwerer als für ein normales Kind, das in die Schule kommt, denn es weiß ja bereits den Namen der Dinge, kann ihn hören und sagen und braucht nur noch schreiben und lesen zu lernen.
Bei dem gräßlichen Wetter muß ich mich immer wieder wundern, wie unverdrossen die beiden Füllbrandts sind. Man hört von ihnen kein Wort der Klage. Werner steht in seiner Schmiede in der Gluthitze am Feuer und kann nicht einmal die Fensterluken aufmachen wegen des Sturms, der ihm alles ausblasen würde. Traude führt ihren Haushalt echt schwäbisch, sie kocht Maultaschen, Spätzle und aufgezogene Dampfnudeln. In einem Punkt haben sie es leichter als wir: Sie wohnen am Nordende der Stadt, so daß der Sturm den Sand über sie hinwegfegt.

Fernheim, 24. 5. 1952

Heute kommt eine große Neuigkeit: Ich habe einen Brief von Albert Schweitzer aus Lambarene bekommen, einen langen, handgeschriebenen und äußerst liebenswürdigen. Eine Fotografie mit Widmung und ein Plan von seinem Krankenhaus lagen bei. Ihr könnt Euch denken, wie ich mich gefreut habe, das heißt wie stolz ich war. Albert Schweitzer war ja schon von jeher mein Vorbild, und so setzte ich mich Anfang Februar hin und schrieb ihm, daß ich ihm sagen wolle, wie seine Arbeit nicht nur in seinem Krankenhaus Früchte trage, sondern auch in einem ganz anderen Erdteil, daß er mich als Zehnjährigen inspiriert habe, einmal etwas Ähnliches zu werden wie er, und daß ich nach vielen Umwegen und Hindernissen nun endlich auf dem Wege dazu sei. Dann schrieb ich ihm einiges von unserer Arbeit und unseren Verhältnissen hier und schloß mit der Versicherung, daß ich ihm mit meinem Schreiben lediglich eine Freude machen wolle und keine Antwort erwarte, da ich ja wisse, wie überlastet er sei. Er antwortete umgehend – am besten setze ich die wichtigsten Abschnitte aus seinem Brief hierher:

Albert Schweitzer
Lambarene, French Equatorial Africa
29.2.1952

Lieber College!

Es hat mir große Freude gemacht, aus Ihrem Briefe zu erfahren, daß Ihnen gelungen ist, was mir gelang: zu dienen und dabei ein Freier zu bleiben. Dies empfinde ich jeden Tag als eine große mir widerfahrene Gnade, und ich denke, daß es Ihnen ebenso geht. Es bewegt mich, daß ich dem Zehnjährigen den Weg, den er gehen sollte, wies. Ich habe immer schwer daran getragen, die Verantwortung zu haben, Einfluß auszuüben. Aber in Ihrem Falle hat es sich wunderbar gefügt, daß Sie den Weg, den Sie sich vornahmen, gehen konnten, trotz der Ungunst der Zeitumstände. Und wie recht taten Sie daran, in Chirurgie tüchtig zu werden... Die Müdigkeit, die dringende Arbeit und der böse Schreibkrampf erlauben mir nicht, Ihnen so zu schreiben, wie ich möchte. Aber ich wollte Ihnen selber auf den lieben Brief antworten. Hoffentlich ergeht es Ihnen nicht so wie mir, daß die Bürde der Arbeit zuletzt so groß wird, daß Sie sie nur mit äußerster Anstrengung einigermaßen bewältigen können. Ich wünsche Ihnen ein ruhigeres Alter, als ich es habe. – Wir sind in meinem Spital zur Zeit vier Ärzte. Wir sind ein chirurgisches Zentrum für ein großes Gebiet. Sehr in Anspruch genommen sind wir durch 400 Lepröse, die wir mit den amerikanischen Sulfonen behandeln, mit gutem Erfolg. Leider bleiben viele dieser Patienten nicht die vielen Monate, die die Kur verlangt. – Hier der Plan meines Spitals. Hoffentlich müssen Sie nicht selber bauen wie ich. Zur Zeit bin ich nachmittags wieder Maurer und Zimmermann. Ich muß ein neues Gebäude hinzubauen. – Bitte richten Sie den Vorstehern der mennonitischen Gemeinde meine besten Empfehlungen aus. Herzliche Grüße an Sie, Ihre Frau und die Gehilfinnen.
Ihr Albert Schweitzer

Nun wälzen Erika und ich schon den Atlas, ob wir nicht auf der Heimreise einen Umweg über Lambarene machen können. Mich hat der Brief aus meiner Niedergeschlagenheit herausgerissen, und ich habe mich jetzt von dem Schlag erholt. Kurz darauf starb noch eine junge Frau von 25 Jahren, Mutter von zwei kleinen Kindern. Obwohl dieser Fall eigentlich viel trauriger war, hat er mich nicht so mitgenommen. Es muß wohl so sein, daß man nur bis zu einem gewissen Grad leidensfähig ist; wenn dann noch mehr kommt, kann man nicht mehr. Und auf dem Tiefpunkt war ich schon angelangt.
Vielleicht hätte ich Euch das alles gar nicht schreiben sollen; aber zum einen ist es einem soviel leichter, wenn man sich alles von der Seele geschrieben hat, und zum anderen lasse ich Euch ja auch sonst an allem teilnehmen, was ich erlebe, da kann ich die schweren Stunden nicht verschweigen. Sonst könnte man meinen, das Leben sei für mich bloß ein Gartenfest.
Inzwischen hat es bei uns drei Tage und Nächte fast ununterbrochen geregnet, die Zisterne ist voll und alles trieft. Die Temperatur ist über Nacht von 45 Grad auf 10–12 Grad gesunken, und wir frieren entsetzlich. Im Haus haben wir es aber schön warm, wir haben Feuer im Küchenherd und lassen die Tür in die Halle offen, das wärmt ganz gut durch. Alle Leute sind am Gemüsepflanzen. Ich hoffe, daß die Erdfeuchtigkeit wiederum Wolken herzieht, die sich eher entladen, als wenn es so trocken ist, daß also dieser Regen noch weitere im Gefolge hat.

Fernheim, 1.6.1952, Pfingsten

Ich bin seit zwei Tagen Strohwitwer, denn unsere Pfingstpläne sind mal wieder nach echter Doktorsart ins Wasser gefallen. Seit Februar hatten wir schon einen Besuch in Halbstadt bei Dr. Rakkos geplant, aber da kam morgens eine Patientin mit vereitertem Blinddarm, und ich mußte operieren.

Es war sehr schwierig, und ich gab Penicillin und Streptomycin – Gott sei Dank, daß es so etwas gibt, denn früher wäre die Frau, Mutter von sieben Kindern, sicher verloren gewesen. Ihr könnt Euch aber denken, daß es mir nicht nach spazierenfahren zumute war. So schickte ich denn die Familie samt Füllbrandts allein weg und blieb da. Die erste Nacht sah es bedenklich aus, aber nun ist die Patientin zu meinem größten Erstaunen über dem Berg.

Mittlerweile hatten die Handwerker unsere Küche und das neue Bad und WC fertiggemacht, und ich räumte alles von der alten in die neue Küche um. Über die Zisternenklappe, wo wir seither das Wasser holten, habe ich einen Tisch machen lassen, denn wir haben jetzt eine Pumpe, mit der das Wasser in einen Tank hochgepumpt wird; man kann aber auch durch einen Hahn das Wasser gleich in einen Eimer pumpen. Der Spülstein und die Anrichte sind noch nicht fertig, weil jetzt wieder Zement fehlt. Immer fehlt hier irgend etwas, das war auch der Grund dafür, daß sich die Sache so in die Länge gezogen hat. Der Clou ist das Bad mit WC, alles gekachelt und ein schönes, hochvornehmes Porzellanwaschbecken! Darüber habe ich ein Bord mit Spiegel angebracht, ganz wie daheim. Wenn ich zum Fenster hinausschaue und sehe den Busch in seiner ganzen Wildnis und Unberührtheit keine hundert Meter entfernt, dann kommt es mir komisch vor, so ganz europäischen Komfort im Haus zu haben. Jetzt können wir uns eigentlich nicht mehr als »Urwaldpioniere« bezeichnen.

Bei uns ist plötzlich eine wahrhaft sibirische Kälte eingebrochen. Als die andern nach Halbstadt fuhren, war es heiß, und sie hatten nur leichte Kleidung mit; dann drehte der Wind und blies eine Eisluft aus Patagonien herauf, daß einem Mark und Bein gefror. Eine merkwürdigere Witterung als hier kann man sich überhaupt nicht vorstellen.

Fernheim, 8.6.1952

Es ist keine Post gekommen, und ich fürchte, es ist auch keine abgegangen, da es nun schon lange kaltes, regnerisches Wetter ist und die Straßen zur Bahnendstation völlig unpassierbar sind, Flugzeuge aber wegen des aufgeweichten Platzes nicht landen können. So sind wir ganz isoliert auf unserer Buschinsel, es kommt nicht einmal Mehl herein. Alles, was hier nicht wächst, muß ja eingeführt werden, und so herrscht ähnliche Knappheit wie einst bei uns zu Hause, alles wird rationiert. Wir hocken meist in der Küche am Herd, das ist das einzige warme Plätzchen im Haus. Ist es nicht zum Lachen, daß man in den Tropen, wo man manchmal vor Hitze fast verbrät, so frieren muß?

Wir hatten interessanten Besuch, einen berühmten Schriftsteller, Dr. Horst Quiring. Er ist auch rußlanddeutscher Mennonit, aber schon nach dem Ersten Weltkrieg ausgewandert und lebte 30 Jahre in Stuttgart. 1950 übernahm er in Kanada die Schriftleitung einer großen mennonitischen Zeitung und bereist nun ganz Südamerika, um Artikel über die mennonitischen Siedlungen zu schreiben. In der Kirche hielt er einen dreistündigen Vortrag und war anschließend bei uns. Wir unterhielten uns ein paar Stunden, und wir erfuhren dabei, daß er es war, der die Tausende Bände der hiesigen Zentralschulbibliothek einst in Deutschland auf Vortragsreisen gesammelt und hierhergeschickt hat. Ihm verdanken wir also diesen Schatz.

Zur Zeit haben wir einen schwindsüchtigen Chulupen, einen ganz jungen Kerl, im Krankenhaus. Schwach und matt liegt er da, hustet und ist froh, bei der Hundekälte ein Dach über dem Kopf und ein warmes Bett zu haben, anstatt im Lager unter freiem Himmel nächtigen zu müssen. Und was hat er als größtes Heiligtum auf dem Nachttisch liegen? Ein deutsches Neues Testament und ein Hamburgisches Gesangbuch, ganz abgegriffen, speckig und dreckig. »Kannst du denn das lesen?« frage ich. »Jo«, sagt er, blättert darin und sagt allerhand daher, Bibelsprüche und Liederverse, aber natürlich in seiner Sprache, kein Wort aus dem Buch. Ach, man wußte nicht, ob man lachen oder weinen sollte. Dagegen können die Lenguas auf der Missionsstation die halbe Bibel auswendig und beten und predigen, daß es zum Staunen ist. Kleine Jungen können anstandslos 60–70 Bibelverse und viele Lieder aus dem Gesangbuch auswendig hersagen.

Fernheim, 15.6.1952

Gestern sind wir plötzlich eine »kinderreiche Familie« geworden! Unsere Taubstummen aus den Kolonien in Ostparaguay, also etwa 500–600 km weit, sind angekommen, fünf an der Zahl, und da drei davon Geschwister sind, zwei Jungen und ein Mädchen, brachte es Erika nicht übers Herz, sie zu trennen, denn es ist ja ohnehin schwer genug für die armen Geschöpfe, sich ohne Eltern irgendwo einzuleben. Es sind nette, hübsche Kinder, die Jungen aufgeweckt und an allem interessiert. Zwei größere Mädchen konnten bei unseren netten Nachbarn unterkommen. Dazu nahmen wir noch eine 18jährige Taubstumme aus der Nachbarkolonie Neuland ins Haus, die im Haushalt mithilft.
Den Kindern muß es bei uns wie im Paradies vorkommen, sie bewundern lauter Dinge, die sie noch nie gesehen haben und von denen sie gar nichts wissen, wie zum Beispiel elektrisches Licht, WC, Harmonium, Radio, Grammophon, Teppiche, Silberbesteck, weiße Tischdecke usw., und ihr Jubel kennt keine Grenzen. Die kleinen, hohen Juchzer, die die Taubstummen ausstoßen, schallen den ganzen Tag durchs Haus. Wir können uns schon gut mit ihnen verständigen; es ist eigenartig, wie schnell man das lernt und wie rasch sie alles verstehen, was man ihnen erklärt. Die höchsten Töne des Harmoniums können sie hören, ihr Gehör ist also nicht ganz erloschen. Der größere von unseren beiden Jungen steht neben mir und sieht mir beim Maschineschreiben zu und kann sich nicht genug daran ergötzen.

Fernheim, 22.6.1952

In der Woche haben wir wacker gefroren. Es hatte nachts meist unter Null und tags höchstens 10 Grad, da war unser Haus wie ein Eiskeller. So hatten wir alle tüchtig den Schnupfen, und ich sogar einen ordentlichen Husten, den ich aber mit drei Kamillendämpfen wieder weghatte; ich bevorzuge ja solche Hausmittelchen und wäre froh, wenn ich meine Patienten auch dazu bringen könnte, aber die wollen Medizin schlucken, wenn sie zum Doktor gehen. Heute hat der Nordsturm geblasen, da war auch gleich die schon vier Wochen anhaltende Kälte gebrochen.

Unsere Familie ist zwar zum größten Teil taubstumm, aber der Krach ist nicht kleiner als bei einer normalen Familie. Die Kinder haben ja alle eine Stimme, sie können sie nur nicht gebrauchen, weil sie nicht geschult sind, und so schreien sie noch mehr als normale, da sie es ja nicht hören. Schelten kann man sie nicht, rufen kann man sie auch nicht, man muß ihnen überallhin nachlaufen. Erika und ich wechseln uns mit den Unterrichtsstunden ab; man staunt selber, was man noch alles unterbringen kann, wenn man die Zeit richtig einteilt. Über die Schwierigkeiten haben wir uns keine Illusionen gemacht, das heißt schwierig ist es nicht, nur anstrengend. Manchmal hat man das Gefühl, der Mund sei ausgefranst, und man braucht eine Eselsgeduld. Aber die Fortschritte sind überwältigend. Uns bewegen in dieser Sache verschiedene Gefühle. Erika macht es aus purem Mitleid mit den armen Geschöpfen, findet es dagegen nicht sehr interessant; ich wiederum, der ich es eigentlich nur aus einer inneren Eingebung heraus angefangen habe, finde es sehr spannend. Das Entzücken der Kinder kennt keine Grenzen, wenn sie ein Wort sprechen und lesen und ablesen können und verstanden haben, was es bedeutet.

Natürlich kann die Sache nicht so bleiben, wie sie jetzt ist, das ist uns klar. Wir wollten ja auch nur den Anstoß geben. Inzwischen habe ich gleich gegenüber von uns ein Haus gemie-

tet mit fünf Zimmern und einem Garten von einem Hektar. Das verputzen und weißen die beiden großen Mädchen, der Vater unseres Apothekers mauert eine Küche, unser Hausmeister hat das Grundstück gepflügt, so daß man nächste Woche schon Gemüse und Mandioka – Kartoffelersatz – pflanzen kann. Die Betten bekommen wir vorläufig vom Krankenhaus, Tische und Stühle macht der taubstumme Schreiner, der uns beim Unterricht hilft. Eine Schwester aus dem Krankenhaus hat sich freiwillig als Hausmutter gemeldet, sie wird bei den Kindern wohnen und die Wirtschaft führen. Die eine der beiden Taubstummen kocht, die andere wäscht, alle gemeinsam besorgen den Garten. Die neuen Amerikaner uns gegenüber, ein kinderloses Ehepaar, zahlen die Hausmiete, und die drei Kirchengemeinden übernehmen die Versorgung mit Lebensmitteln. Was man sonst an Geld braucht, soll aus einem amerikanischen Schulhilfsfonds kommen. So denke ich, es wird alles ganz gut klappen.
In der höheren Schule ist eine echte Krise eingetreten. Vor Jahren sollten zwei Lehrer zum Weiterstudium nach USA geschickt werden, aber da hat die Kolonie dankend abgelehnt mit der Begründung, sie wollten keine amerikanische, sondern deutsche Kultur, da sie Deutsche seien und bleiben wollten. Wenn man etwas für sie tun wolle, solle man das Geld für ein Studium in Deutschland zur Verfügung stellen. Daraufhin kam lange nichts, und inzwischen sind ja einige Lehrer abgegangen, für die Frau Doktor Tavonius und ich eingesprungen sind. Jetzt kam plötzlich Bescheid, daß die beiden Lehrer in der Schweiz studieren dürften, und zwar muß der eine, ein Prediger, gleich abfahren, weil in der Schweiz die Weltkonferenz der Mennoniten stattfindet, zu der er als Delegierter noch rechtzeitig eintreffen soll. Der andere fährt am Ende des Schuljahrs. Wir hatten diese Woche beim Schuldirektor Abschiedsfeier der Lehrerschaft, und da kam zur Sprache, was nun werden soll mit der Schule, ob sie geschlossen wird oder was. Der Direktor geht nämlich am Schuljahrsende auch heim nach Kanada. Nun sind diese Volksdeutschen 450 Jahre

aus Deutschland fort und haben ihr Deutschtum durch ihre Schulen bewahrt, und es erschien uns ganz undenkbar, daß ausgerechnet jetzt, wo wir da sind, die Sache mangels Lehrkräften einschlafen soll. Da müßten wir uns ja schämen, wenn wir nicht alles täten, was in unserer Macht steht, um dies zu verhindern! Ich selbst habe beim besten Willen keine Zeit mehr übrig, aber Erika hat sich entschlossen, den Unterricht in Deutsch, Literatur und Literaturgeschichte in den höheren Klassen und im Lehrerseminar zu übernehmen. Sie wird nach den Winterferien, also Mitte Juli, anfangen und täglich morgens von 7–8 Uhr und zweimal in der Woche auch abends von 19–21 Uhr unterrichten. So hat sie noch genügend Zeit für die Taubstummen. Natürlich geht ein großer Teil unseres Privatlebens drauf, aber es ist auch schön, das weiterzugeben, was man selber genossen hat.

Fernheim, 16.7.1952

Letzte Woche sind wir Chacodoktoren alle (außer Frau Dr. Tavonius, die hier die Stellung hielt) zum 6. Panamerikanischen Plastik-Chirurgen-Kongreß nach Asunción geflogen. Das Flugwetter war schön, und so hatte man eine gute Sicht und konnte sich den Chaco einmal so richtig von oben besehen: ein endloses graugrünes Meer, im Norden von uns ganz geschlossen, in unserer Breite mit kleinen Kampinseln durchsetzt, auf denen die Mennonitendörfer angesiedelt sind, aber alles trocken und ohne den kleinsten Schimmer von Wasser. Weiter im Süden wird das Land freier, der Busch erscheint nur als Flecken zwischen dem offenen Land, aber überall glitzert es von unbwohnbarem Sumpf. So groß also dieses Gebiet ist, ist doch nur wenig Platz zum Siedeln vorhanden.
Abends war Empfang im Präsidentenpalast, der vor hundert Jahren von französischen Architekten nach dem Vorbild von Versailles erbaut wurde und nur so strotzt von Glanz und Pracht und Herrlichkeit. Wenn man so ein Gebäude in Versailles oder in Sanssouci sieht, findet man es schön, es hebt

sich aus der Umgebung heraus wie eine Rose unter einfachen Blumen. Hier dagegen wirkt es ausgesprochen grotesk, weil gleich daneben die primitivsten Hütten stehen, erbaut aus ein paar Bambusstäben, die mit Lehm beworfen sind, und weil die Straßen in Asunción unvorstellbar dreckig sind.

Beim Empfang war alles in großer Gala, die Professoren aus ganz Amerika mit ihren Damen (ich bedauerte, daß Erika nicht mitkommen konnte, sagte mir dann aber, daß sie gar kein passendes Kleid gehabt hätte), der Präsident, die Minister, das diplomatische Korps und sogar ein Apostolischer Nuntius, ein Kardinal im Ornat mit rotem Hut und roter Schärpe. Ein grandioses Bild! Erst wurden Begrüßungsansprachen gehalten, dann gab es ein kaltes Büfett mit Raffinessen, die ich nicht einmal dem Namen nach kannte. Natürlich kamen Dr. Rakko und ich uns in all dem Glanz vor wie die Landpomeranzen, die zum erstenmal im Leben in der Stadt sind, und ich mußte mir immer wieder ins Gedächtnis rufen, daß ich doch viele Jahre in Großstädten gelebt habe und erst eineinhalb Jahre in der Wildnis.

Plötzlich sah ich den Minister, der damals in unserem Haus gewohnt hat, als er die Kolonien besuchte. Ich ging zu ihm hin und begrüßte ihn, da schrie er so laut, daß es die ganze Umgebung hören konnte: »Was, Sie auch hier? Aber das ist großartig! Wie geht es Ihnen denn, wie Ihrer Frau und dem kleinen Jungen?« Er rief die Umstehenden zusammen und erklärte ihnen, ich sei Direktor des Chaco-Krankenhauses in Filadelfia und tue ein großes Werk für die Menschheit. Es war geradezu peinlich, doch von da an wurden wir »herumgereicht«, und als die Leute hörten, daß wir aus dem Chaco kommen, wurden wir bestaunt wie seltene Wundertiere. Die meisten wußten gar nicht, daß im Chaco überhaupt Menschen leben können, und wenn, dann nur ein paar wilde Indianer. Jetzt gar ein Weißer aus Deutschland, ja zehntausend Weiße mit Dörfern und Städten und Schulen und Krankenhäusern – des Fragens war kein Ende. Während des ganzen Kongresses waren wir in jeder freien Minute umlagert, und mit einemmal

erschien uns unser so einfaches Leben in einem ganz anderen Licht, als wir im Mittelpunkt all dieser Professoren aus New York, London, Buenos Aires, Santiago de Chile, Lima, Mexico, Habana, Córdoba usw. standen und alle paar Minuten einer ausrief: »Muy interesante!« Dr. Rakko, der fast kein Spanisch kann, verstand immer nur dies eine und konnte sich vor Lachen kaum halten, daß man an unserem Leben hier etwas »sehr interessant« finden kann, wo es doch derart eintönig dahinplätschert. Durch all diese Unterhaltungen lernte ich dann ziemlich schnell Spanisch; das Sprachenlernen geht ja bei mir wie bei einem Papagei, ganz unter Ausschaltung des Verstandes, nur mit dem Gehör. Allerdings möchte ich nicht wissen, wie die Hiesigen innerlich gelacht haben über mein Spanisch; zeigen würden sie es nie, dazu sind sie viel zu höflich und taktvoll, wie ja überhaupt die Höflichkeit der hervorstechendste Charakterzug der Südamerikaner ist. So war diese Seite des Kongresses sehr amüsant.
Der wissenschaftliche Teil war so interessant wie anstrengend. Die Vorträge dauerten jeden Tag acht Stunden, je vier Stunden ohne Pause, und daran schlossen sich oft noch hitzige Diskussionen an. Alle sprachen spanisch bis auf die Nordamerikaner, deren englische Vorträge übersetzt wurden. Ich bekam viele Anregungen zu Operationen, die ich seither nicht machen konnte, weil ich nichts darüber wußte und auch keine Literatur hatte. Eine Paraguayerin sprach über Phonetik, ich stürzte mich gleich nach dem Vortrag auf sie und fragte sie über Taubstummenunterricht aus, und sie gab mir bereitwillig Auskunft über alles, was ich wissen wollte. Sie meinte, wir gingen viel zu schnell vor, das habe keinen Wert, weil die im Denken ungeschulten Gehirne den Stoff nicht verarbeiten könnten und so die ganze Sache nicht exakt und gründlich sei. Das leuchtete mir ein, und wir haben uns jetzt etwas umgestellt.
Zwischen den Vorträgen war die ganze Gesellschaft samt Damen jeweils zu irgendeinem Millionär auf sein Landgut eingeladen. Mit den Autos ging es in die schönsten Gegenden, die

man sich denken kann, und ich mußte nur immer die Augen reiben und staunen über die tropische Üppigkeit in diesem Land. Ich dachte an unseren armseligen Chaco und fühlte mich aus der Hölle ins Paradies versetzt – so groß ist der Unterschied zwischen dem Land westlich und ostwärts vom Paraguayfluß. Auf den Gütern war dann im Freien auf grünen Wiesen eine lange Tafel aufgebaut. Während des Essens spielte eine echt paraguayische Kapelle die für dieses Land typische Musik. Sie hat ihren Ursprung im Frankreich des 17. Jahrhunderts und soll von den Jesuitenpatres, die hier einmal einen eigenen Staat unterhielten, der dann unterging, herübergebracht worden sein. Sie verschmolz mit der Musik, die dem Charakter des aus Guaraní-Indianer- und Spanierblut zusammengesetzten Mischlingsvolks entspricht, und so haben diese Klänge einen ganz eigenen Reiz, der nur schwer zu beschreiben ist und nichts mit der bei uns daheim als »südamerikanisch« bekannten Musik zu tun hat. Abends fanden jeweils große Galaempfänge bei den verschiedenen Clubs oder bei Gesandtschaften statt – eben »große Welt«.

Als der Kongreß zu Ende war, wollte ich es mir nicht nehmen lassen, nach Ostparaguay in die Berge zu fahren, wo eine Kolonie von Schwarzwäldern existiert. Sie trägt den Namen »Independencia«, ist aber in nichts mehr unabhängig vom Staat. Wir fuhren zu siebt mit einem Chevrolet-Kleinomnibus los, 180 km von Asunción nach Südosten. Je näher wir der Kolonie kamen, um so schöner wurde die Gegend, ja um so ähnlicher unserem Schwarzwald. Zwar gab es keine Tannen, sondern ganz unbekannte, haushohe tropische Urwaldbäume, und der Wald war so verfilzt und mit Lianen und Orchideen überwuchert, daß man keinen Meter weit hineinblicken konnte, aber man sah grüne Almen mit Vieh, Weinberge, Bäche, Wasserfälle, Seen, und die Häuser hatten echt Schwarzwälder Stil, vor allem innen. Ich glaubte mich mit einem gewaltigen Sprung in die Heimat versetzt, besonders als ich dann alle Leute badisch reden hörte. Diese Siedler kamen erst vor 28 Jahren aus Deutschland und haben sich alles

so aufgebaut, wie sie es von daheim gewohnt waren, nur viel prächtiger, weil sie enorm reich sind. Jeder Bauer hat seinen Traktor, einen oder zwei Lastwagen und einen riesigen Weinkeller. Der Wein schmeckt wie Burgunder oder Waldulmer, ein Genuß! Und doch hat auch diese Medaille eine Kehrseite: Es gibt keine deutschen Schulen mehr, die Kinder müssen in die Hiesigenschule gehen; die Konfession ist nicht einheitlich, die Katholiken haben hiesige Pfarrer, die paar Evangelischen können sich keinen eigenen deutschen Pfarrer leisten.
Immerhin war der Ausflug in den »paraguayischen Schwarzwald« interessant für mich, und ich konnte in Independencia eine Menge Pflanzen und Ableger, Blumen, Bäume und sogar Himbeeren und Erdbeeren bekommen, etwas hier ganz Unbekanntes. Mal sehen, ob ich sie durchbringe.
Nachdem ich in Asunción noch tüchtig eingekauft hatte – alles, was man hier in der Wildnis nicht bekommt –, bestiegen wir unser »Taxi-Flugzeugchen« und waren in eineinhalb Stunden wieder daheim. Schon von weitem sah ich auf unserem Flugplatz die weißen Hauben und Kleider unserer Schwestern leuchten, die alle aufmarschiert waren, und als wir gelandet und ausgestiegen waren, standen die Taubstummen in Reih und Glied da und sagten im Sprechchor: »Willkommen, Papa!« Das hat mich natürlich mächtig gefreut.

Fernheim, 4.8.1952

Meine Schulklasse wollte unbedingt einen Ausflug machen, so fuhren wir kürzlich auf die Viehstation, wo ich nach meinen Rindern sehen konnte, die sich lustig und fidel vermehrt haben und jetzt auch im Preis gestiegen sind, so daß doch der Wert des angelegten Geldes einigermaßen gesichert bleibt, denn hier sinkt die Währung von Tag zu Tag.
Die Reise war eine Strapaze. Wir fuhren bei glühendem Sandsturm mit 40 Grad Hitze ab, unterwegs drehte der Wind, und die Temperatur schnurrte bis beinahe auf den Nullpunkt her-

unter. Dazu kam ein ganz feiner Schnürlregen, der einem durch und durch ging. So froren wir wie die Affen, das heißt ich hatte mich mit Pelzmantel und Wolldecken versorgt, weil ich hier keiner Witterung mehr traue, aber die Jungen und Mädel hatten nicht einmal Strümpfe an, und wir fuhren die ganzen Nächte durch oder lagerten, wenn die Pferde gefüttert wurden, am Feuer und kochten ab. 85 km mit dem Fuhrwerk immer nur durch Wildnis sind keine Kleinigkeit. Die Jugend hatte natürlich trotzdem ihren Spaß, und ich als »alter Krieger« bin ja an solche Exkursionen gewöhnt. Bei der Viehstation ist ein Teich aus zusammengelaufenem Regenwasser. Dies war das eigentliche Reiseziel, denn ein See, und sei er noch so ärmlich und bescheiden, ist für die Jugend, die Wasser nur von Zisternen kennt, eine Attraktion. Natürlich war es viel zu kalt zum Baden. Aber wir besuchten ein junges Missionarsehepaar, das vor kurzem dorthin gezogen ist, um eine neue Missionsstation zu eröffnen. Die Indianer jenes Gebiets hatten eine Abordnung geschickt und um eine Missionsstation gebeten. Die Frau hatte vorher bei mir einen dreimonatigen Krankenpflegekurs mitgemacht. Sie hatte schon als 18jähriges Mädchen angefangen, ausgesetzte indianische Kinder im Busch aufzulesen und in einem Waisenhaus, das sie gründete, großzuziehen. Als ihr Mann um sie warb, machte sie zur Bedingung, daß er Missionar werden müsse, sonst nehme sie ihn nicht. Weil er aber zum Predigen gar kein Geschick hat, wurde er Wirtschafter auf der Missionsfarm. Nun ist er mit Frau und zweijährigem Kind auf die neu zu gründende Station gezogen und pflügt das Feld und baut erst einmal die nötigen Häuser, bis das andere Missionarsehepaar kommt. Seit zwei Monaten sind sie dort, und vor einer Woche wurde ihre Wohnung – ein Zimmer und Küche unter einem großen Schattendach – fertig, so lange hausten sie genau wie die wilden Indianer mit ihrem Kleinkind im Freien bei der entsetzlichen Kälte. Die Frau hat alles selbst verputzt und geweißt, und in ihrem einzigen Zimmer sieht es jetzt schon aus wie nur irgendwo in der Kolonie: gestickte Kissen,

Vorhänge, reinliche Betten, Nähmaschine und nicht zuletzt der Arznei- und Instrumentenschrank, mit dem ich sie ausgestattet hatte. Die beiden beherrschen die Indianersprache, und nun sagen sie, seit sie ein paar Indianer haben, die schon mit dem Vorsatz hergekommen sind, auf der Mission zu wohnen und aufbauen zu helfen, hätten sie es viel leichter. Ich habe die beiden Leutchen bewundert; jetzt kommen wir uns gleich gar nicht mehr als Märtyrer oder Idealisten vor mit unserem Haus mit WC und fließendem Wasser und gekacheltem Bad.
Die Frau kochte und briet für die ganze Bande, und es wurde trotz des Regens sehr nett. Schließlich hellte es auf, und wir hatten Sonne bei der Heimfahrt. Wir machten einen Umweg zu einer anderen Lagune und badeten doch noch. Freilich ging das Wasser nur bis ans Knie und der Schlamm bis an die Knöchel, aber was heißt das für eine Jugend, die fast noch nie ein Gewässer gesehen hat! Nachts fror es sogar, und wir kamen um 1 Uhr ganz blau vor Kälte zu Hause an.

Fernheim, 8.9.1952

An einem der letzten Sonntage waren wir auf der Missionsstation. Wir fuhren früh um 5 Uhr hier los, und auf dem Weg nach Halbstadt begegnete mir das Abenteuer, auf das ich schon so lange scharf war: Plötzlich standen zwei Tiger etwa zehn Meter vor uns auf der Straße! Sie starrten aber so erstaunt und träge in die Autolichter, daß es gar kein aufregendes Erlebnis mehr war. Der Fahrer hielt sofort und der Beifahrer sprang mit der Flinte aus dem Wagen, aber da hatten sie sich schon ganz gemächlich, wie zwei Kälber, in den Busch verdrückt, wo sie natürlich vor uns sicher waren, denn in den Busch kann man ja nicht hinein, er ist mit Kakteen und Dornengestrüpp ganz undurchdringlich. Nun, immerhin brauche ich nicht aus dem Urwald fort, ohne sagen zu können, daß ich einmal Tiger gesehen habe!
Im Krankenhaus geht es immer so fort; schrieb ich schon von dem Riesenblasenstein, den ich herausoperiert habe? Man

könnte ihn ohne weiteres in die Sammlung einer Universitätsklinik aufnehmen.
Geradezu ein Wunder ist Traude Füllbrandt. Jetzt ist sie schon bald im achten Monat, aber immer gesund und munter und guter Dinge. Sie sieht geradezu blühend aus, und beim größten Sandsturm, wenn alles stöhnt und ächzt, sagt sie, sie habe sich noch nie im Leben so wohlgefühlt wie hier und sie finde schon allein deswegen den Chaco wundervoll. Werner betätigt sich sehr aktiv in der Gemeinde, diese Woche hält er abends eine Singwoche ab für alle, die sich interessieren, und sonst predigt er öfters oder hält Jugendstunde, so daß er allseits beliebt ist.
An den Sonntagabenden haben wir bei uns im Garten die ganze Jugend der Stadt zu einem nichtreligiösen Beisammensein, weil ja hier sonst alles sich ausschließlich um Bibel und Gesangbuch dreht und die Jugend damit schon lange überfüttert wird. So habe ich diese Aufgabe auf Bitten der Kolonieoberen und der Jugendlichen selbst übernommen, und wir veranstalten Volkslieder- oder Spielabende oder machen eine Lichtbildreise nach Deutschland, wozu wir die Filme und das Vorführgerät der höheren Schule benutzen. Es sind über 200 Filme vorhanden, schöne Städtebilder, Landschaften usw. Dabei hilft mir Werner Füllbrandt dann auch immer. Ein andermal will ich ein Grammophonkonzert mit Beethovensymphonien geben, wir haben ja glücklicherweise so viele gute Platten.

Fernheim, 15.9.1952

Diese Woche haben wir eine Menge zu erzählen. Im Krankenhaus ist massenhaft zu tun, so daß der ärztliche Beruf gegenüber dem Lehrberuf wieder im Vordergrund steht. Es ist jetzt die Zeit zum Krankwerden, denn die Sandstürme haben ihren Höhepunkt erreicht, sie toben ganz fürchterlich, so daß einem Hören und Sehen vergeht. Da ist das Operieren schwierig, aber es muß ja sein. Einen vereiterten Blinddarm

kann man eben nicht hinausschieben, ebensowenig Kreissägeverletzungen, wie ich in letzter Zeit etliche hatte.
Am Freitag rief mich Dr. Rakko nach Halbstadt zu einem ganz merkwürdigen Fall. Die Frau hatte vor fünf Wochen eine Fehlgeburt, und seither lag sie in seinem Krankenhaus mit zunehmenden Zeichen einer Bauchhöhlenschwangerschaft. Es konnte ja nach menschlichem Ermessen gar nicht sein, und so meinte er, es wäre besser, wenn ich käme, damit wir beraten, was zu tun ist. Die Frau war natürlich in ihrem Zustand nicht transportfähig.
Nun war aber zu allem Pech das Kolonieauto kaputt, und so mußten wir mit der Kutsche fahren. Um der Sache etwas Gutes abzugewinnen, beschlossen wir, einen Familienausflug übers Wochenende daraus zu machen, weil wir schon so lange nicht mehr bei Rakkos waren. Wir packten also die Fuhre voll, wir drei und zwei Taubstumme. Weil das eine der kleinen taubstummen Mädchen Geburtstag hatte, sollte es mitfahren. Das andere heulte und wollte nicht allein dableiben, deshalb nahmen wir es auch mit.
Inzwischen hatte es geregnet, und der Sand war mit dem Wasser zu einem zähen, schlüpfrig-klebrigen Matsch geworden, so daß die Pferde ständig ausrutschten wie bei Glatteis. Ich konnte also die 35 km nur im Schritt fahren, und weil die Wege im Busch bei Regen ausgewaschen und voller Löcher sind, brauchten wir sieben Stunden! Es war Nacht geworden, und man sah buchstäblich nicht die Hand vor den Augen, so daß man es dem Spürsinn der Pferde überlassen mußte, den Weg zu finden. Es war eine ganz und gar ungemütliche Sache. Schließlich kamen wir um 11 Uhr nachts an, Rakkos hatten sich schon große Sorgen gemacht.
Am Samstag früh ging es dann ans Operieren in Dr. Rakkos winzig kleinem Sprechzimmerchen. So unwahrscheinlich die Diagnose war – bei dieser Frau hatte sich der seltene Fall abgespielt, von dem ich noch nie etwas gesehen oder gelesen habe, daß sie Zwillinge hatte, einen in der Gebärmutter, der vor fünf Wochen abgegangen war, und einen im Eileiter. Eine

sehr schwierige Operation war notwendig. Die Frau war als 17jähriges Mädchen auf der Flucht von einem Russen vergewaltigt worden und hatte davon einen Jungen, der jetzt schon sechs Jahre alt ist. Im Chaco bekam sie dann einen sehr guten Mann, und um das Glück in dieser Ehe vollzumachen, fehlte nur noch Kindersegen. Es ist sehr traurig, daß sie nun wahrscheinlich keine Kinder mehr bekommen wird.

Die Rückfahrt am Sonntagnachmittag war sehr schön. Der Weg war trocken – so schnell geht das hier! –, aber gar nicht staubig, der Busch blühte nach dem Regen in allen Frühlingsfarben, und es roch ganz wonnig, ein richtiger Frühlingstag wie daheim im Mai. In dreieinhalb Stunden waren wir zu Hause.

Abends war in der Kirche ein Gesanggottesdienst, den Werner Füllbrandt nach der Singwoche inszenierte. Es wurden moderne Lieder oder sehr alte Choräle und Motetten gesungen, für die Leute hier etwas ganz Neues. Das war auch die Absicht, denn die ewigen amerikanischen Halleluja-Walzer, die sie hier singen, gehen einem mit der Zeit furchtbar auf die Nerven. Es heißt ja: Singet dem Herrn ein neues Lied, und nicht: Singet die alten, abgedroschenen Lieder immer fort und fort! Die Kirche war zum Platzen voll. Bei dieser Singwoche waren es 70 Sänger, für die nächste haben sich schon dreimal so viele Teilnehmer angemeldet.

Wenn wir uns auch über manches wundern, ja ärgern, müssen wir doch immer bedenken, daß von den Mennoniten kein einziger hier ist, der freiwillig gekommen wäre. Vielmehr wurden sie damals, als sie vor dem Bolschewismus flohen, so schnell wie möglich aus Deutschland abgeschoben, und da kamen die, die gesund waren und kein Trachom, keine Tuberkulose und sonst nichts hatten, nach Kanada, und alle Kränklichen und Schwächlichen und Alten mußten hierher, weil kein anderes Land sie aufnehmen wollte. Daher haben auch alle, die hier leben, Geschwister oder Eltern oder Kinder in Kanada. Dr. Rakko in Halbstadt hat es keineswegs besser als wir; er hat ganz von unten als Pionier auf wildem, unbebautem Land angefangen, und die armselige Lehmhütte, in der er mit seiner Familie jahrelang hauste, steht noch heute, ihre jetzige ist nicht viel besser, unser Haus ist ein Palast dagegen. Sie sind aber nie neidisch, sondern freuen sich aufrichtig, daß wir es soviel schöner haben. Wenn ich ein Idealist sein soll, so bin ich doch hierin ein Waisenknabe gegen ihn. Er könnte jederzeit nach Kanada, wenn er wollte; ja, er hätte schon damals nach Kanada mitreisen können, er hatte die Papiere schon fertig und zog es doch vor, mit seinen Landsleuten in die Wildnis zu ziehen, da sich sonst kein Arzt gefunden hatte.

Fernheim, 28. 9. 1952

Oft wundert es mich, wieviel man in dieser weltabgeschiedenen Einöde erleben kann, selbst wenn man schon länger da ist und die Verhältnisse kennt, wenn diese also den Reiz der Neuheit längst verloren haben. Für einen Arzt – und seine Frau, die ja alles miterlebt – ist es wohl ziemlich gleichgültig, ob er in Honolulu, auf der Halbinsel Kamtschatka, in Tasmanien, New York, London, Paris oder Berlin seine Zelte aufschlägt, weil seine Erlebnisse immer das allgemein Menschliche berühren, dieses aber ist überall gleich.
Letzten Sonntag machten wir einen Scherz mit der Filadelfia-Jugend, die ja abends zu uns zur Unterhaltung kommt. Wir haben eine Neuerwerbung, einen Tonabnehmer für das Grammophon, mit dem wir durch den Lautsprecher spielen können, so daß die Schallplattenmusik eine ganz andere, plastischere Färbung bekommt. Weil ich nun den Jungen und Mädchen einmal klassische Musik vorführen wollte und im voraus wußte, daß sie dafür kein Verständnis haben würden, sagte ich, ich hätte nach Deutschland an den Rundfunk geschrieben und gebeten, ein Konzert aus einem großen Saal hierher zu übertragen. Im Haus saß unser Nachbar aus Köln, ein Radiobastler, mit dem hatte ich verabredet, wann es losgehen sollte. Draußen im Garten hatte ich das Radio aufge-

stellt, und alles saß gespannt drum herum. Ich gab einleitende Erklärungen über den Unterschied zwischen religiöser, klassischer und volkstümlicher Musik. Da ertönte aus dem Lautsprecher eine Stimme: »Achtung, Achtung! Hier ist der westdeutsche Rundfunk. Wir übertragen mit dem neuerbauten Richtstrahler ein Konzert der Berliner Philharmoniker unter dem Dirigenten Wilhelm Furtwängler. Auf Zuschrift von Herrn Dr. Dollinger erfolgt diese Übertragung eigens für die deutsche Jugend im Gran Chaco, um diese an dem wiedererwachenden Kulturleben Deutschlands teilnehmen zu lassen.«
Der Nachbar sprach das mit einem ganz gewöhnlichen Telefonhörer und keiner merkte etwas, alle waren platt. Dann machten wir eine Stunde lang Musik, das ganze Klavierkonzert in d-moll von Mozart und anschließend einige Lieder, gesungen von Heinrich Schlusnus. Es hat allen großartig gefallen, und für uns war es ein Heidenspaß. Irgendwer hat dann aber doch nicht dichtgehalten, sie haben herausbekommen, daß wir sie hereingelegt hatten, und waren dann furchtbar beleidigt, ja sie zweifelten sogar daran, ob ich ein Christ sein könne, wenn ich so lüge. Spaß vertragen ist nicht ihre starke Seite!
In der Nacht von Donnerstag auf Freitag ging im Krankenhaus plötzlich ein toller Betrieb los. Patienten mit Herzanfällen und teils vereiterten Blinddärmen wurden eingeliefert und dazu eine Frau mit beginnendem Darmverschluß. Ich wußte, daß sie in ihrem schlechten Allgemeinzustand eine Operation nicht überstehen würde, sie hatte fast kein Blut. Übertragungen kann man aber hier kaum machen, weil die meisten Leute Malaria haben oder einmal gehabt haben. Und selbst wenn die Malaria bei dem Spender seit Jahren keine Anfälle hervorgerufen hat, so bricht sie doch beim Empfänger sofort nach der Übertragung aus, und das kann sich katastrophal auswirken. Die Frau war vom Tode gezeichnet. Da sie sieben Kinder, von denen das jüngste vier Jahre alt ist, und einen sehr unbeholfenen und lebensuntüchtigen Mann hat, war es be-

sonders tragisch. Ich bemühte mich die geschlagene Nacht um sie, aber ich sah, daß nichts mehr zu machen war. Sie schrie aber in ihren Schmerzen immerzu: »Herr Doktor, operieren Sie mich doch, ich vertraue Ihnen ganz und gar, ich setze alle Hoffnung auf Sie. Sie sehen doch, daß ich jetzt sterben muß, wenn Sie nichts machen, und so habe ich doch noch ein wenig Hoffnung.« Ja, was tun? Operierte ich sie, so würde sie sterben, und es würde heißen: Sie ist wegen der Operation gestorben. Operierte ich sie nicht, so würde ich mir ewig Vorwürfe machen, daß ich nicht alles Menschenmögliche versucht habe, um sie zu retten. Der Kampf des Arztes zwischen Prestige und Gewissen. Nach einer durchwachten Nacht ging ich bei Tagesgrauen an die Operation. Ich führte sie ganz so durch, als ob sie Erfolg haben müßte; trotzdem konnte ich nicht glauben, daß die Frau es schaffen würde.

Abends ging ich früh zu Bett, aber kaum war ich eingeschlafen, kam der Schulze eines Dorfes zwischen hier und Halbstadt und sagte, Dr. Rakko habe sich halb zu Tode telefoniert und keine Verbindung bekommen; er habe eine Frau, bei der sofort ein Kaiserschnitt gemacht werden müsse, wenn sie nicht verbluten solle. Bis zu ihm, dem Schulzen, habe das Telefon funktioniert, und er sei unverzüglich mit seinem Wagen hergefahren, mehr als 10 km in 30 Minuten, wofür man sonst bei den schlechten Wegen eine runde Stunde braucht. Die Pferde waren schweißnaß. Ich weckte sofort unseren amerikanischen Nachbarn und meine Operationsschwester, die die Wäsche und Instrumente fertigmachte, und ab ging's im Jeep durch den Busch mit einer so wahnsinnigen Geschwindigkeit, daß ich zuletzt sagte: »Wenn wir an einem Baum landen, dann hat die Frau auch nichts davon, laßt uns lieber langsam fahren.« Man kann sich die Löcher auf den Wegen gar nicht vorstellen; da schleudert es einen hoch bis an die Wagendecke und wieder auf den Sitz, daß man meint, der Steiß bricht. Kein Jeep hält hier länger als drei Jahre.

In einer Stunde und zehn Minuten waren wir drüben. Die

Instrumente raus und ins kochende Wasser, gewaschen und operiert war eins. Alles bei Taschenlampenbeleuchtung, weil man ja Petroleumlampen bei Äther nicht benutzen kann, und Elektrizität haben die drüben noch nicht. Natürlich flogen Schnaken und Nachtfalter herum und fielen beinahe in den Bauch, aber da war ja schon alles egal. Es ging aber gut, ein kräftiger Junge wurde geboren.

Wir fuhren anschließend gleich zurück – ein bißchen langsamer als beim Hinweg! – und kamen um 5.30 Uhr an. Da lag die darmoperierte Frau in den letzten Zügen, es war gar nichts mehr zu machen. Ich schlief noch zwei Stunden – jetzt waren ja schon zwei Tage und Nächte mit lauter aufregenden Ereignissen verflossen – und ging dann wieder an meine Arbeit. Die Lebenden wollten ja auch ihr Recht.

Heute früh war die Beerdigung, zu der ich gehen mußte. Wenn man schon soviel mit einem Patienten ausgestanden hat, finde ich es immer sehr schwer, auch noch die Beerdigung mitzumachen. Aber da haben die Mennoniten ja diese schöne Sitte: Anstatt daß der Arzt die Angehörigen trösten muß, trösten diese den Arzt und sagen, er solle sich nur ja keine Vorwürfe machen, Gott habe es so gewollt. Es ist ein eigenartiges Verhältnis, das die Mennoniten zum Tode haben; manchmal kommt es einem vor, als ob ihr ganzes Leben ein Warten oder gar eine Vorfreude auf den Tod sei, und wenn man dies irdische »Jammertal« sieht, in dem sie leben, dann scheint es einem begreiflich. Wenn der Nordsturm bläst wie eben, hat man das Gefühl, der Rachen der Hölle habe sich aufgetan und alle Teufel träten einen Blasebalg, um die Glut anzufachen; man hält sich Mund, Nase und Augen zu und meint zu ersticken. Die Menschen bekommen »das Wankende«, wie sie es hier nennen, das heißt Schwindel und unaufhörliches Erbrechen, bis der Sturm vorüber ist und der Wind aus Süden bläst. Wir blieben bis jetzt davon verschont, ich weiß gar nicht wieso.

Übrigens wollte ich schon lange noch etwas erzählen. Bei der Hitze erlebt man im Krankenhaus Sachen, die in keinem

Lehrbuch stehen. So kann man zum Beispiel keine Temperatur messen, weil die Thermometer von selbst bis über 40 Grad klettern. Man muß sie in kaltem Wasser kühlen und dann sofort dem Patienten unter die Achselhöhle stecken, dann geht es manchmal, aber es ist alles ungenau. Der Äther, der ja schon bei 35 Grad siedet, sprudelt sofort kochend aus der Flasche, wenn man sie öffnet, und wenn man einen Patienten damit abreiben will, brennt es wie Feuer, obwohl er sich ganz kalt anfühlt, komisch. Bei Knochenbrüchen kann man einfach keinen Gipsverband machen, ich habe es schon mehrmals versucht und immer ein Fiasko erlitten. Das gebrochene Glied schwillt sofort so an, daß es Drucknekrosen gibt, woraus sich schwerste Dauerschäden entwickeln können. Man weiß sich hier bei Knochenbrüchen einfach keinen Rat; denn wenn man nur eine Schiene nimmt, verschiebt sich der eingerichtete Knochen wieder, und es heilt alles schief. Nirgends, in keinem Lehrbuch steht etwas geschrieben, wie man sich unter solchen Verhältnissen wie hier verhalten soll. Man muß alles nach Gutdünken machen, und das ist oft recht schwierig.

Fernheim, 11. 10. 1952

Diese Woche hatten wir wieder etwas zu lachen. Das Theaterstück »Der eingebildete Kranke« von Molière, das wir mit den Pädagogen und den Zentralschülern eingeübt haben, wurde aufgeführt. Obwohl wir es von den Proben her in- und auswendig kannten, haben wir uns bei den Aufführungen fast totgelacht. Die Typen waren sehenswert – sie spielten wie richtige Schauspieler und hatten doch noch niemals so etwas gemacht. Natürlich war wieder einmal unsere ganze Garderobe auf der Bühne, Anzüge, Kleider, Bademäntel, Ärztekittel, Hüte, Schuhe, Krawatten, dazu Stühle und Tische, Klistierspritzen und viele andere Requisiten. Dreimal haben sie vor völlig ausverkauftem Haus gespielt, und sie müssen noch ein viertes oder fünftes Mal spielen. Jeden Abend kamen fast eineinhalbtausend Guaranís ein, der Erlös wird für die traditionelle Asunción-Reise der Examensklasse verwendet. Ich mußte jeweils die Einführung und Personenvorstellung machen, und das war natürlich etwas riskant, weil ja hier das Theaterspielen sehr verpönt ist, gleich ob es ein ernstes, ein heiteres oder ein lehrreiches Stück ist. Da habe ich die Ansprache eben in witzige Worte gekleidet, so daß schließlich sogar die Prediger lachten und klatschten und die richtige Stimmung da war. Von weit, weit her kamen die Zuschauer mit dem Fuhrwerk gefahren. Auch der paraguayische Doktor von der Mennokolonie war mit seiner Frau und einem ganzen Lastauto voll Menno-Leuten gekommen, was geradezu revolutionär war, denn jene sind noch viel, viel enger als unsere Leute hier. Das Doktorspaar sagte, verstanden hätten sie leider nichts, aber schon allein das Mienenspiel sei ihnen die Reise wert gewesen. Sie fänden es geradezu unerhört – ein Theater mitten im Chaco, und dazu noch bei Mennoniten, das sei einfach unglaublich.

Fernheim, 17. 10. 1952

Am Dienstag war ein einschneidendes Ereignis in meinem Leben: Ich habe mich endlich von dem alten Onkel breitschlagen lassen und seinen Star operiert. Schon seit einem Jahr lag er mir in den Ohren, ich solle und müsse ihn operieren, es sei ihm einerlei, wenn er der erste sei, an dem ich diese Operation mache. Ich redete mich darauf hinaus, daß ich kein Starmesser habe, aber er meinte, ich solle eins bestellen, so lange könne er schon noch warten. Wir ließen dann eins aus Amerika kommen, und nun mußte ich mich zu dem gewagten Schritt entschließen. Es läßt sich nicht beschreiben, wie mir zumute war. Ich kam mir vor wie ein kleiner Junge, der etwas Verbotenes tut; dabei wollte ich doch nichts anderes als einem Menschen helfen, dem sonst niemand hilft, wenn ich es nicht tue. Ich lernte den ganzen Gang der Operation fleißig auswendig wie für ein Examen, und früh am Morgen machte ich mich mit Gottes Hilfe daran. Die Operation ging schnell und glatt, in weniger als zehn Minuten war alles vorbei, und als der Patient fragte: »Schneiden Sie schon?« sagte ich: »Nein, ich bin schon fertig!« Es war mir, als ob ich das alles bloß träumte. Nach bangen 24 Stunden konnte ich feststellen, daß das Auge noch ganz war und auch gut aussah, soweit man es bis da beurteilen konnte. Der alte Onkel ist natürlich voller Ungeduld und bedrängt mich immer wieder: »Wann nehmen Sie mir endlich die Binde ab, damit ich sehen kann? Ich denke, die Operation ist gelungen, da muß ich doch sehen können, oder nicht?« Von Warten oder gar von möglichen Komplikationen will er nichts hören. Ich hoffe sehr, daß weiter alles gut abläuft. Denn wenn diese Operation nichts geworden ist, wage ich es nicht, noch eine zu machen.

Fernheim, 26. 10. 1952

Diese Woche hat bei uns der Sommer begonnen mit einem fürchterlichen Gewitter und anschließendem Wolkenbruch, daß man meinte, die Welt gehe unter und ersaufe wie anno dazumal bei der Sintflut. Zum Glück hatte ich vorher die Zisterne in Ordnung gebracht, das alte Wasser vollends ausgeschöpft und die Wände und den Boden ausgewaschen, geschrubbt und desinfiziert. Puh, war das ein Dreck! Knöcheltiefer Schlamm, darin Hunderte von toten Skorpionen, Fröschen, Kröten, Schlangen! Es stank und war eklig, und geschwitzt habe ich »wie ein Brunnenputzer«. Wir hatten ja schon eine Zeitlang nicht mehr von dem Wasser aus der Zisterne getrunken, und es grauste mich. Ach, da dachte ich an daheim, wo die Bäche silbern die Berge heruntersprudeln und man bis auf den Grund sehen kann, wo man den Hahn aufdreht und kristallklares Wasser herauskommt! Jetzt ist unsere Zisterne von dem einen Regen schon wieder über halb voll, und das Wasser ist ganz klar und hell und hat keinerlei Beigeschmack.

Als es so blitzte und krachte, wachte Traude auf und bekam

vor Schreck plötzlich Wehen. Es war ja noch drei Wochen vor der Zeit, und tagsüber war auch nichts los, aber am darauffolgenden Morgen war dann das Büblein da, Thomas. Es ging alles programmgemäß vonstatten, und nun sind sie natürlich glücklich.
Jetzt ist bei uns die ganze Welt nach dem großen Regen wie ein Treibhaus. Die Natur, die ganz und gar verdorrt schien, belebt sich zusehends, und man staunt, daß die Pflanzen ausschlagen, als ob nichts gewesen wäre. Im Garten habe ich einen hübschen Asparagusstock, der hat fünf Triebe bekommen, die im Nu über eineinhalb Meter hochgeschossen sind und hellgrüne, zarte Blättchen haben. Auch die Amaryllis blühen und Jasmin und Phlox.

Fernheim, 4. 11. 1952

Bei uns haben gestern die Schulferien begonnen, und wir genießen die Freiheit wie noch nie im Leben. Ich kann mir aber auch kaum denken, wann wir je so erholungsbedürftig gewesen wären. Hefte korrigieren, Unterricht vorbereiten, Zeugnisse schreiben, Prüfungen abnehmen – nachgerade hatten wir alles satt.
Letzte Woche jagte ein Fest das andere. Am Montag hatten wir Erikas pädagogische Klassen hier zu einem Kunstabend. Wir zeigten Lichtbilder über die verschiedenen Baustile, spielten klassische Musik und betrachteten zum Schluß Kunstmappen mit Reproduktionen von Gemälden aus mehreren Epochen.
Am Mittwoch hatte die Volksschule ihren Abschlußabend, die Kinder führten allerhand Märchen wie Schneewittchen und Rumpelstilzchen auf, es war sehr drollig, und man fühlte sich ganz nach Hause versetzt.
Am Donnerstag hatten wir nachmittags das öffentliche praktische Schwesternexamen mit vielen prominenten Gästen, anschließend Kaffeetrinken in unserem Garten, der jetzt nach den ausgiebigen Regenfällen schön grünt und blüht. Abends

wurde beim Zahnarzt, der gerade gegenüber dem Krankenhaus wohnt, das Examen mit allerhand lustigen Spielen und Gesängen gefeiert.
Am Freitagnachmittag fand der Schlußakt der Zentralschule statt. Wir hatten uns unters Volk gemischt, damit uns keiner entdecken sollte, aber der Direktor rief uns auf die Balustrade hinauf, um uns seinen Dank für unsere Lehrtätigkeit öffentlich auszusprechen. Da standen wir erhöht über der ganzen Volksmenge und kamen uns komisch vor. Zum Glück hatten wir uns schick gemacht, denn die Leute hier sehen darauf, daß man sich bei solchen Gelegenheiten gut anzieht. Abends hatten die Pädagogen uns mit den anderen Lehrern zu einem Abschiedsfest eingeladen, das lange dauerte.
Und dann kam am Sonntag der Hauptstreich, der uns fast den Rest gegeben hat: Die Kirchweihe! Die neue Brüderkirche wurde eingeweiht. Sie ist 36 m lang, 13 m breit, 12 m hoch und hat eine Empore ringsherum und außen ein großes Schattendach, unter dem viele Menschen Platz haben. Es paßt jedenfalls die ganze Einwohnerschaft der Kolonie hinein. Wie alle Mennonitenkirchen hat sie keinen Turm. Sie wurde nur von den Mitgliedern der Brüdergemeinde erbaut, ohne alle Bezahlung, im »Scharwerk«, wie sie hier sagen. Jeder Mann mußte 15 Tage mauern oder Erde fahren, jede Frau zwischen 15 und 65 Jahren mußte 15 Tage »schmieren«, das heißt verputzen und die Decke mit Ölfarbe streichen. Gemeindemitglieder sind hier ja nur die Bekehrten und Getauften; Leute, die nicht bekehrt sind, brauchten – oder besser: durften – nicht mitarbeiten. Es hat etwas Sinnvolles, wenn eine Kirche nur von Gläubigen und dazu ganz ohne Bezahlung gebaut wird. Mir gefällt das sehr. Man hat das Gefühl, daß nur gute Gedanken hineingebaut werden. Die Brüder hatten nicht einmal einen Architekten, der einen Bauplan gemacht hätte; es wurde einfach drauflosgemauert, man kann nur staunen. Die Kolonisten sind doch tüchtige Kerle! Der Einweihungsgottesdienst dauerte vormittags vier Stunden und nachmittags drei Stunden, und dann wurde abends noch ein Gottesdienst ab-

gehalten, der zwar »nur« zwei Stunden dauerte, bei dem wir aber auch Ansprachen halten mußten.
Dr. Rakkos wollten kommen, aber natürlich ereignete sich wieder etwas. Sie fuhren tags zuvor, am Samstag, schon früh um 5 Uhr in Halbstadt ab. Um 7 Uhr telefonierte es von dort, ich solle doch schnell kommen, es sei ein Notfall eingeliefert worden, und die Schwester wisse sich nicht zu helfen. Ich nahm einen Lastwagen und fuhr los. Es war eine Gluthitze, zum Verschmachten. Keine drei Kilometer von hier traf ich Dr. Rakko mit seinem Fuhrwerk, er stieg zu mir um, seine Familie fuhr weiter. Unterwegs mußten wir dann Schneeketten anlegen, da wir durch den Schlamm nicht mehr anders durchkamen. Wir brauchten zweieinhalb Stunden, und man kann sich vorstellen, was wir ausgestanden haben, wo wir wußten, daß es um ein Menschenleben ging. Besonders Dr. Rakko, der doch schon wochenlang nicht mehr aus seinem Halbstadt herausgekommen war, machte sich die bittersten Vorwürfe. Wir operierten gleich, und die Frau lebt nun, Gott sei Dank! Dr. Rakko blieb dort und verzichtete auf das Einweihungsfest. Ich fuhr nachmittags heim und war halbtot vor Hitze. Abends im Bett klebte man schier an, aber nachts kam ein Südwind, und es wurde plötzlich so kalt, daß wir eilends die Daunendecken holten, zwei Stück übereinander, und doch noch schnatterten vor Kälte. Der Temperaturumschwung war aber auch ein Glück, denn ich möchte nicht wissen, wie viele Ohnmächtige es am Sonntag unter den paartausend Festbesuchern in der neuen Kirche gegeben hätte, wenn es so heiß geblieben wäre.

Fernheim, 7.12.1952

Wir bekamen neulich von einem Patienten ein riesiges Tigerfell geschenkt, und nun liegt es vor dem Haus und stinkt, daß man es nicht aushalten kann. Ich würde es gern heimschikken, um es präparieren zu lassen, aber zur Zeit herrscht absolute Paketsperre. Jetzt kommt vorhin Cornelius herein und nagt an etwas Weißem. Was hat er denn da? fragen wir uns. Hat sich der Kleine doch eine Tigerklaue herausgepult und kaut darauf herum wie auf einem Lutschbonbon! Das sind die Kinder der Wildnis! Nächstens wird er noch eine Schlange als Spielzeug herbringen. Es ist nur ein Glück, daß diese Tiere so scheu sind und sich schleunigst aus dem Staub machen, wenn sie einen Menschen herannahen fühlen. Sie beißen eigentlich nur, wenn man ihnen bei Dunkelheit versehentlich auf den Schwanz tritt. Allerdings muß man schon höllisch aufpassen, es gibt dieses Jahr viele, in einer Woche haben wir beim Haus fünf erschlagen. Aber die vielen Menschen, die ich, seit ich hier bin, mit Schlangenbissen im Krankenhaus hatte, sind alle dank den Serumspritzen mit dem Leben davongekommen.

Im Januar dürfen unsere Schwestern anläßlich ihres Examens und ihrer Einsegnung nach Asunción fahren. Da wird die Lepramission von Dr. Schmidt eingeweiht; er zahlt ein Drittel der Reisekosten, die Kolonie ebenfalls ein Drittel und ein Drittel bringen sie selbst auf. Sie sind ganz aus dem Häuschen vor Freude. Die meisten von ihnen waren noch nie aus dem Chaco raus, ja haben noch keine Eisenbahn und keinen Fluß gesehen, geschweige denn eine Stadt. Damit keine zurückbleiben muß, habe ich mir ausgedacht, etliche von den früheren Schwestern, die jetzt verheiratet sind, zu bitten, eine Zeitlang auszuhelfen. Sie haben natürlich fast alle einen Stall voll Kinder, aber wir wollen dann hier einen Kindergarten für die Schwesternkinder aufmachen. Sie sind alle hell begeistert von der Idee und kommen mit tausend Freuden. Eigentlich sollte Frau Dr. Tavonius die Schwestern auf der Reise begleiten, denn sie war schon lange nicht mehr fort. Aber jetzt ziehen mir die Schwestern beinahe die Haut ab, ich solle mitkommen, sonst hätten sie überhaupt keinen Spaß. In Asunción können ja Frauen bei Dunkelheit nicht allein ausgehen, sonst werden sie für Dirnen gehalten, und so könnten sie nicht ins Kino und nirgends hin gehen, denn die mennonitischen Predigeronkel, die auch mitfahren, gehen natürlich nicht mit ih-

nen. Außerdem wollen sie einmal baden, und das wird auch kein Mennonit mit ihnen tun, denn es gilt hier als sehr unsittlich. Ich hatte mir zwar vorgenommen, den Chaco niemals auf dem Land-Wasserweg zu verlassen, sondern nur per Flugzeug, habe mich aber doch breitschlagen lassen und zugesagt.
Sieben neue Schülerinnen nehme ich für den nächsten Kurs an, die können dann die Wirtschaft besorgen. Erika hat sich angeboten, die Ambulanz und Nachtwache zu machen, und unsere amerikanische Nachbarin will in der Küche einspringen. Sie und ihr Mann sind überhaupt die nettesten Leute, die man sich vorstellen kann. Unruh heißen sie und sind doch die ruhigsten Menschen auf der Welt. Wir sind so froh, daß wir sie als Nachbarn haben.

Fernheim, 15.12.1952

Gestern war unsere Schwesterneinsegnungsfeier. Es war ein schöner Anblick, die frischeingekleidete Schwesternschar zur großen Brüderkirche ziehen zu sehen, die wir mit Girlanden und Blumen aus unserem Garten geschmückt hatten. Etwa eineinhalbtausend Besucher nahmen am Festgottesdienst teil. Die Schwestern mit den beiden Ärzten zogen durch die Kirche und nahmen auf den Altarbänken Platz. Es wechselten Chöre des Krankenhauspersonals, einstudiert von Werner Füllbrandt, mit Ansprachen der drei Gemeindeältesten, die immer wieder ihren Dank aussprachen, solch ein gutgeleitetes Krankenhaus in ihrer Kolonie zu haben. Dann folgte die Einsegnung der 17 Schwestern durch die drei Gemeindeältesten, und anschließend wurden die Diplome überreicht. Zum Mittagessen waren die Chacodoktoren bei uns, zum Abendessen die Schwestern mit ihren Angehörigen, etwa 100 Personen. Die Schwestern sind uns fast wie Kinder ans Herz gewachsen. Es ist auch wirklich unglaublich, wie sich die Mädchen in diesen zwei Ausbildungsjahren entfaltet haben, nicht nur beruflich, sondern besonders auch menschlich. Wir erinnern uns noch gut an die Anfangszeit, da waren die meisten recht unsicher und verlegen, und nun sind sie zu Persönlichkeiten herangereift, zu verantwortungsbewußten, selbständigen Menschen.

1953

Fernheim, 24. 2. 1953

Wir genießen unsere »Schulferien« noch aus Herzenslust, nächste Woche fängt der Ernst des Lebens wieder an. Wir lesen, musizieren, fahren spazieren, besuchen Bekannte, essen Eiskrem und liegen faul im Liegestuhl auf der Veranda. Um uns her ist es ein bißchen grün, so daß man die Wüste nicht so sehr empfindet wie in dem jetzt schon wieder nahenden Winter, vor dem es uns graut. Es ist zwar immer noch sehr heiß – so um 45 Grad herum –, aber die Hitze macht einen längst nicht so mutlos wie der Sturm im Winter.
Frau Dr. Tavonius, die ja hier sehr unter dem Klima leidet, will uns nun in wenigen Wochen für immer verlassen. So werde ich eine Zeitlang allein sein, bis der Bruder unseres Apothekers und unserer Oberschwester zurückkommt, der zur Ausbildung in USA ist.

Fernheim, 7. 3. 1953

Die Taubstummen halten uns jetzt wieder in Atem. Ein Lehrer hat sich freiwillig gemeldet, um uns zu helfen; er fährt jeden Tag in der größten Sonnenglut 5 km mit dem Rad von seinem Dorf herein. Er gibt Rechnen und Zeichnen, das können wir am schlechtesten. Wir haben zwei Klassen; mit den Mädchen in der zweiten Klasse kann man jetzt schon konjugieren und deklinieren. Vergessen haben sie in den Ferien daheim nicht viel, nur das Sprechen ist sehr schlampig und undeutlich geworden und muß neu eingeübt werden.

Für die Siedler ist es dieses Jahr beinahe zum Verzweifeln: Ameisen, Heuschrecken und unheimlich viele Raupen, die Felder sind kahlgefressen. Dazu hat es nun schon seit fünf Wochen nicht mehr geregnet, und das im Sommer, in der Regenzeit, wo die Sonne mit unmenschlicher Glut herniederbrennt und alles versengt. So können die abgefressenen Pflanzen nicht mehr ausschlagen und nochmals wachsen, wie es sonst geschieht.

Fernheim, 15.3.1953

Letzte Woche hat der Busch zwei Opfer gefordert. Zwei junge Leute von 15 und 21 Jahren waren mit Indianern draußen, um eine Grenze für ein Stück Neuland auszuhacken, und verirrten sich, als sie nach ihren weggelaufenen Maultieren suchten. Die ganze Kolonie war vier Tage lang mit allen verfügbaren Indianern auf den Beinen, aber vergeblich. Sogar Flugzeuge wurden eingesetzt – keine Spur von den Vermißten. Dabei war es gerade in diesen Tagen so entsetzlich heiß, und wegen der langen Trockenheit besteht keine Aussicht, daß sie Wasser gefunden haben. Dieser Busch ist wie ein wildes Tier, verfilzt, dürr und undurchdringlich.

Fernheim, 24.3.1953

Es ist kaum zu glauben: Die beiden Verirrten wurden gefunden! Der eine war tot, der andere war noch am Leben, nach sechs Tagen! Er war schon einen Tag nicht mehr fähig gewesen, sich zu erheben, um Kakteen zu suchen. Mit diesen hatte er sich nämlich die ganze Zeit über Wasser gehalten, wenn man diesen Vergleich heranziehen kann. Er hatte sie mit der Machete abgehauen und aufgeschlitzt und ausgelutscht. Keinen Tropfen Wasser in 6 Tagen bei 45 Grad Hitze im Schatten, also etwa 55 Grad in der Sonne, und dieser war er ja ständig ausgesetzt, entsetzlich! Er war nur noch Haut und Knochen. Ich fuhr hinaus und machte ihm gleich an Ort und

Stelle Einspritzungen und Infusionen, so kam er allmählich wieder zu sich. Er fiel gleich wieder in Ohnmacht, wenn er ein paar Worte gesagt hatte, und sang dann: »Nur mit Jesu will ich Pilger wandern« und »Horch, die Engelchöre singen« (ein hier beliebtes Weihnachtslied). Später im Krankenhaus erzählte er mir, sie beide hätten die ganze Zeit über zwei Lieder gesungen, er wisse aber nun gar nicht mehr welche. Ich sagte es ihm, und als er mich fragte, woher ich das wissen könne, erzählte ich ihm, daß er sie immer in der Ohnmacht gesungen habe. Wir hatten ihn ein paar Tage im Krankenhaus und ließen ihn langsam trinken, nach zwei Tagen auch essen, und er sah aus wie ein trockener Schwamm, der sich vollsaugt, so veränderte er sich zusehends. Hunderte von Zecken saßen vollgesaugt an ihm, und ich hatte große Mühe, bis ich sie alle entfernt hatte. Jetzt ist er wieder daheim in seinem Stübchen, Eltern hat er nicht mehr.

Die Mutter des toten Jungen, eine Witwe, ist halb von Sinnen und will nicht mehr essen, weil ihr Sohn verhungert ist.

Fernheim, 7.4.1953

Heute soll einmal etwas über Cornelius erzählt werden. Er wird immer niedlicher, so daß wir uns manchmal fragen, wie gerade wir zwei zu so einem hübschen Kind kommen, da wir ja nicht gerade von Schönheit glänzen. Seine größte Freude ist das Harmonium. Neulich schob er sich einen Stuhl davor und drückte auf die Tasten. Allerdings reichen seine kurzen Beine nicht auf die Pedale, und so kam kein Ton hervor. Er rutschte vom Stuhl hinunter und dachte nach. Ich war gespannt, was er jetzt tun würde. Erst kletterte er wieder auf den Stuhl und zog die Register – er hat also schon gemerkt, daß es ohne die nicht geht. Dann stieg er herunter, schob den Stuhl beiseite und ging hinaus auf die Veranda. Von dort kam er mit seinem Kinderstühlchen wieder, trug es vors Harmonium, setzte sich darauf und trat die Pedale. Mit den Händen konnte er gerade auf die Tasten reichen, und so hatte er es geschafft, dem In-

strument Töne zu entlocken. Es ist natürlich nichts Besonderes, aber für uns ist es interessant zu beobachten, wie bei einem so kleinen Kerl der Verstand anfängt zu arbeiten.
Wenn die Taubstummen kommen, gibt er keine Ruhe, bis er auch am Tisch sitzt, einen Bleistift und ein Blatt Papier hat und kritzeln kann. Beim Sprechunterricht macht er fleißig mit. Eins hat er sich auch von ihnen abgeguckt: Zur Begrüßung macht er einen tiefen Diener und sagt vernehmlich: »Guten Tag!«, manchmal einer ganzen Gesellschaft reihum. Die Leute lachen, sie finden es zu drollig von so einem Zwerg. Im übrigen ist er sehr groß für sein Alter, kerngesund, dick und braungebrannt, und seine dunkelbraunen Augen bilden einen eigenartigen Kontrast zu seinen blonden Haaren.

Fernheim, 12.4.1953

Dieses Jahr haben wir unheimlich viel Obst im Garten, besonders Mandarinen. Die Bäume sind so voller Früchte, daß die Zweige bis auf den Boden hängen. Cornelius und die Taubstummen tun sich nach Herzenslust gütlich. Der kleine Kerl pflückt sie sich schon ganz allein ab, schält sie und verdrückt sie haufenweise. Wir haben schon den ersten Salat gegessen, es war ein Leckerbissen. Jetzt ist eine wirklich wunderschöne Zeit, frisch und kühl, so um 18 Grad herum, und schlafen kann man, schlafen! Ah, es ist eine Wonne.
Hier geht es einem merkwürdig. Im ersten Jahr ist alles neu und interessant, im zweiten Jahr verzweifelt man beinahe und meint, man könne es keinen Monat länger aushalten und müsse auf und davon laufen. Im dritten Jahr ist man an alles gewöhnt und muß sich schon einen gewaltigen Ruck geben, um sich loszureißen. Ich weiß nicht, ist das nun ein schlechtes Zeichen oder ein gutes? So denken wir jetzt schon manchmal: Wer weiß, ob wir es noch einmal so schön und gemütlich kriegen wie hier, so sorgenfrei und heimelig. Die deutsche Umgebung im Ausland, so weit fort von daheim, ist ja auch nicht gering einzuschätzen.

Fernheim, 15.6.1953

Gestern war Erntedankfest, und man muß immer wieder staunen, wie die Menschen es fertigbringen, nach einer völligen Mißernte doch die Kirche zu schmücken und Lob- und Danklieder anzustimmen, Dankgebete zu sprechen und Dankpredigten zu halten. Es gehört schon etwas dazu, bis man so weit gekommen ist, daß man auch für Mißerfolge danken kann. Seit wir hier sind, gab es jedes Jahr eine Mißernte, und jedes Jahr ist es für mich dieselbe Überraschung, wenn die Leute am Erntedankfest drei bis vier Stunden in der Kirche sitzen und vier Prediger predigen und der Chor singt »Danket dem Schöpfer und preist den Erhalter, dessen Barmherzigkeit immer noch neu.« Aber sie legen es sich eben immer im Hinblick auf ihre Vergangenheit in Rußland aus und denken daran, wie schrecklich es wäre, wenn sie noch dort sein müßten. Wenn man es so nimmt, haben sie ja auch recht.

Asunción, 10.7.1953

Gestern bin ich nach einem ziemlich abenteuerlichen Flug – unterwegs mußte das Flugzeug notlanden – hier in Asunción angekommen. Erika erwartete mich, und nun wollten wir also von hier aus nach La Paz in Bolivien fliegen. Leider haben wir für diese Woche im Flugzeug keinen Platz mehr bekommen und können erst in acht Tagen abfliegen. So müssen wir eine ganze Woche herumsitzen, aber wir können beide das Ausruhen vertragen.
Am Radio haben wir heute mit Fernheim gesprochen, im Krankenhaus ist nichts los, Cornelius ist bei Rakkos in Neuland, so können wir ruhig wegbleiben. Allerdings kommt morgen plötzlich eine amerikanische Filmgesellschaft mit Zeitungsreportern und dem amerikanischen und anderen Gesandten mit mehreren Flugzeugen nach Filadelfia, um einen Kulturfilm über die Erschließung des Chaco zu drehen. Da sind die Fernheimer ganz außer sich, daß Doktors nicht da

sind, weil wir doch bei solchen Gelegenheiten sonst immer die Honneurs machen und die Leute in unserem Haus bewirten. So haben wir uns gesagt: Also gut, fliegen wir eben für zwei Tage nach Fernheim zurück und machen Honneurs, kommen wieder hierher und fahren zu Dr. Schmidt auf die Lepramission und heute in acht Tagen nach La Paz.

Asunción, 16.7.1953

Wir waren also tatsächlich inzwischen in Fernheim, so kurz mal übers Wochenende! Am Samstag gegen Abend flogen wir los. Als die Sonne unterging, war immer noch kein Filadelfia in Sicht, und hier ist die Dämmerung sehr kurz. So landeten wir auf der Estancia eines reichen Amerikaners, wurden freundlich bewirtet und zogen uns gleich zurück, denn es war bitterkalt und wir hofften, im Bett warm zu werden. Aber wir konnten vor Kälte die ganze Nacht nicht schlafen und brachen schon vor Sonnenaufgang auf. Wie schön, wie herrlich sah es von oben aus, als nach wenigen Flugminuten die Sonne über den Horizont heraufkam und die vielen Tümpel, die es in jener Gegend des Chaco gibt, wie tausend Brillanten glitzerten und gleißten! In aller Frühe kamen wir über Filadelfia an. Auf dem Flugplatz wartete schon eine Menge Jugend, ich glaube die ganze Nacht, denn das bevorstehende Ereignis hatte sie gar nicht schlafen lassen. Aber auch die Rinder, die den Flugplatz abgrasen, weideten friedlich und dachten nicht daran, wegzugehen, damit wir landen konnten. Der Pilot flog ganz tief über den Platz, um die Rinder zu verscheuchen oder die Jugend aufmerksam zu machen – nichts. Nochmals in die Höhe und eine neue Runde, die Jugend gaffte nach oben und bewunderte die »Kunststückchen«, dachte aber nicht daran, die Rinder wegzutreiben. So ging es vier- oder fünfmal runter, rauf, runter, bis endlich Bob Unruh, unser amerikanischer Nachbar, mit seinem Jeep kam, die Sachlage erfaßte und den Platz räumen ließ.
Ich zog mich rasch um und eilte in die Kirche, denn es hatte

schon geläutet. Nachher meinten die Fernheimer, der Doktor sei eigens nach Hause geflogen, um im Gottesdienst nicht zu fehlen! Wir kümmerten uns wie gewohnt um die Besucher. Am Montag früh machte ich noch einige kleine Operationen und eine Röntgendurchleuchtung, dann ging es wieder ab. Das Krankenhaus ist zum Glück fast ganz leer, so konnte ich mit gutem Gewissen fort.

Dr. Schmidt hatte uns wissen lassen, er komme hier in Asunción vorbei, um uns auf die Lepramission mitzunehmen. Mitten im Straßengewühl entdeckten wir einen mit einer Menge Kalkfässer beladenen Lkw mit einem Fahrer am Steuer in blauem Overall, eine Chauffeursmütze auf dem Kopf und die Hände voll Ölschmiere und Kalkstaub – Dr. Schmidt! Ich pfiff durch die Finger, da blickte er sich um und lachte, als er uns sah. Er fuhr auf die Straßenseite und sagte: »Ich kann euch keine Hand geben, ich bin ganz dreckig vom Kalkaufladen. Ich mußte zum Zahnarzt, der Kalk muß auf die Lepramission, da habe ich beides vereinigt, um Benzin zu sparen.«

Nach zweistündiger Fahrt auf einer wunderschönen Asphaltstraße kamen wir draußen an. Inzwischen ist Dr. Schmidts neues Haus fast fertig geworden, und sie wohnen auch schon darin. Schmidts sind beide in USA geboren, ihre Großeltern waren Deutsche. Sie sprechen fließend deutsch, auch alle fünf Kinder sprechen deutsch so gut wie englisch. Dr. Schmidt arbeitet jede Woche einige Tage hier in Asunción in der Klinik, denn er will das paraguayische Staatsexamen machen. 38 Fächer werden verlangt, alles in Spanisch, dabei kann er nur sehr wenig Spanisch. Es ist eine ungeheure Anstrengung, aber sie haben hier mit kolossalen Widerständen zu kämpfen, deshalb meint er, wenn er nicht sein Staatsexamen habe, könnte man ihm die Ausübung seines Berufs verbieten, und dann wäre die ganze Aufbauarbeit umsonst. Er hofft aber, daß die Professoren gnädig sind, wenn sie erfahren, wofür er arbeiten will. So aberwitzig geht es zu in diesem Land: Sie haben Zehntausende Lepröse und tun kaum etwas für sie, und da kommt ein Amerikaner und will ganz umsonst eine solche Arbeit tun, die den Staat keinen Pfennig kostet, und man macht ihm Schwierigkeiten über Schwierigkeiten. Ich bewundere den Optimismus der beiden Schmidts, sie lassen sich durch nichts erschüttern und bauen unentwegt weiter. Die Gegend ist ja wunderbar, wie im Schwabenland, ein herrliches Klima und eine Üppigkeit der Natur, einfach prachtvoll.

Fernheim, 3.8.1953

Wieder daheim! Vor der Fülle der Eindrücke auf unserer Bolivienreise weiß ich kaum, wo ich mit dem Erzählen anfangen soll. Am besten der Reihe nach.

Von Asunción ging es nach Beschaffung der Papiere, was hier immer große Scherereien und Laufereien verursacht, mit dem Wasserflugzeug nach Buenos Aires. Das Groteske an dieser Reise war, daß wir einen Riesenumweg machen mußten, anstatt gleich in unser Nachbarland Bolivien zu fliegen, an dessen Grenze wir ja ganz dicht wohnen. Von hier nach La Paz sind es in der Luftlinie nicht einmal 2000 km, wir mußten aber mehr als 5000 km zurücklegen. Auf diese Weise war es so viel billiger, daß wir beide für dasselbe Geld fliegen konnten, das ich allein hätte aufwenden müssen, wenn ich direkt hingeflogen wäre. Da nahmen wir die längere Reise gern in Kauf.

Man stellt sich ja immer vor, eine Luftreise sei mit keinerlei Strapazen verbunden, da man ja nur hier ins Flugzeug einzusteigen und am Bestimmungsort auszusteigen braucht. Das war eine Illusion! Schon in Corrientes, einer großen Stadt am Zusammenfluß der beiden Ströme Paraguay und Paraná, ging das Wasserflugzeug hinunter und stieg nicht mehr auf. Stundenlang lagen wir da herum, und als wir endlich starteten, kamen wir in strömenden Regen, und es schaukelte ziemlich stark. In Rosario, der zweitgrößten argentinischen Stadt, wurde es dann schon dämmerig, und weil das Flugzeug bei Dunkelheit im Hafen von Buenos Aires keine Wasserungserlaubnis hat, ging es für diesen Tag nicht weiter. Die Fluggesellschaft wollte uns alle ins Hotel verfrachten, aber das hätte uns wenig genützt, da unser Anschlußflugzeug schon frühmorgens um 4 Uhr in Buenos Aires starten sollte. Die Gesellschaft mußte einen Autobus für uns mieten, und so schaukelten wir 330 km durch die Nacht, es war beißend kalt. An unseren Mennonitenpastor in Buenos Aires hatte ich von Rosario aus telefonieren lassen, daß wir mit dem Bus kämen, damit er nicht umsonst auf dem Flughafen wartete. Als wir glücklich um 2.30 Uhr nachts in Buenos Aires ankamen, stand er doch tatsächlich mit seiner Frau am Bushalteplatz! »Schnell, schnell!« sagten sie, »es sind nur noch 15 Minuten, bis der Flughafenbus abfährt!« Wir sprangen in eine Taxe und erreichten den Bus. Hinein und ab! Das ist schön bei den Mennoniten, sie sind wie eine große Familie; wo man hinkommt, wird man erwartet und abgeholt und betreut. Rechtzeitig waren wir am Flughafen.

Nun begann die Hauptflugstrecke nach La Paz, 3700 km. Über den kahlen, zerklüfteten Anden war es geradezu schaurig, vom Flugzeug aus in die höllischen Schlünde hinabzublicken. Ich bin ja ein sehr neugieriger Mensch, und wenn ich eine Reise mache, will ich möglichst viele Eindrücke aufnehmen, und so schaute ich immerzu hinunter, aber es war über tausend Kilometer nur Mondgebirge, schreckenerregend.

Endlich landeten wir in dem berühmten Cochabamba, nicht ganz 2000 m hoch gelegen in einem weiten Tal voll fruchtbarer Obstgärten und Felder, die Berge wie ein Kranz in mäßigem Abstand darumgelagert, so daß dort das herrlichste Klima ist, das man in ganz Bolivien – ja, man sagt sogar in Südamerika – finden kann.

Das letzte Stück von Cochabamba bis La Paz war für alle Passagiere eine wirkliche Strapaze; ich glaube nicht, daß einer im Flugzeug saß, dem nicht schlecht war. Es blies ein gewaltiger Wind und das Flugzeug schaukelte fürchterlich, dabei wurde die Luft in der enormen Höhe immer dünner, so daß fast alle den Sauerstoffschlauch nahmen.

Jetzt glitzerten schon die Schneeberge der Kordillere herüber, und in der Ferne blinkte das Wasser des Titicacasees. Unter uns tauchte am Rande des Altiplano (Hochebene) in einer Talschlucht La Paz auf, Sitz der bolivianischen Regierung. Die Felswände stürzen vom Altiplano fast senkrecht in die Tiefe, und die Stadt hat bei einer Ausehnung von 10 km fast 1000 m Höhenunterschied, von den schwalbennestartig an die Felswände geklebten Indianerhütten in der Oberstadt bis zu den Villen unten in der Talsohle. Das Tal ist nicht sehr breit, und so sind alle Seitenstraßen unwahrscheinlich steil.
La Paz mutete uns mit seinen Gegensätzen geradezu grotesk an. Eine moderne, saubere, prächtige Großstadt mit Hochhäusern, Autobussen und unheimlich vielen Autos, elegante Leute in Pelzmänteln, dazwischen mindestens die Hälfte der Bevölkerung reine Indianer in ihren malerischen Gebirgstrachten, die sich von denen der Cochabamba-Indianer nur durch die Hüte unterscheiden – während jene weiße Zylinder tragen, haben sie in La Paz braune, graue oder schwarze Melonen auf, ganz in die Stirn gezogen, es sieht zu ulkig aus. Dieses bunte Völkchen bewegt sich inmitten des Großstadtverkehrs völlig ungezwungen, seelenruhig ziehen sie mit ihren Lamaherden durch die Stadt.
Es lag uns daran, die Missionsstationen am Titicacasee zu besuchen. Wir fuhren also mit einem Lkw aufs Hochland. Schwerbeladen mit Sack und Pack und zahllosen Indianern und Indianerinnen keuchte das Gefährt die Hänge hinauf, daß man bisweilen meinte, es müsse abrutschen und sich überschlagen. Nach elfstündiger Fahrt kamen wir auf der ersten Missionsstation an, wo wir schon erwartet wurden. Wir waren hundemüde, vor allem von der dünnen, eiskalten Luft, die von den Schneebergen herunterwehte. Nachdem wir uns gestärkt und ausgeruht hatten, fuhr uns der 2 m große amerikanische Missionar mit dem Auto an den tintenblauen, von Schneebergen umkränzten See hinunter. Gerne hätten wir gebadet, doch alle sagten, es sei viel zu kalt. So blieb uns leider »das Bad im Titicacasee« versagt, und das klingt doch so

romantisch! Doch auch so war es nach zweieinhalb Jahren im Chaco für uns schon ein Erlebnis, soviel Wasser und Schneeberge zu sehen.

Am anderen Tag besuchten wir die übrigen Stationen, am Nachmittag fuhr uns der Missionar zurück nach La Paz. Wir brauchten für die Strecke nur drei Stunden anstatt elf wie am Vortag – der Lkw-Fahrer hatte Schwarzmarktfracht geladen und war, um nicht von der Polizei geschnappt zu werden, einen Umweg gefahren.

Nur fünf Tage waren wir in Bolivien. Auf der Heimreise gab es noch einige unangenehme Zwischenfälle mit unseren Pässen und Visen. In Córdoba / Argentinien konnte das Flugzeug wegen Nebel nicht mehr weiterfliegen, und wir mußten nach einem typisch argentinischen Schlemmermahl im Hotel übernachten. So war natürlich am andern Tag unser Anschlußflugzeug in Buenos Aires weg. Dort merkte ich, daß ich auch noch die Grippe kriegte, und so sagte ich zu Erika: »Laß uns bloß abhauen! Wenn ich krank werde, will ich daheim sein!« In Asunción mußte ich dann tatsächlich ins Bett liegen, aber da waren wir schon bei »unseren« Leuten, wo wir so gut wie daheim sind, und nach einem Tag fühlte ich mich wohl genug, um die letzten 500 km der 11 000 km langen Reise zu bewältigen. Nach Flugzeugnotlandung und Reiseverzögerungen, nach Paßschwierigkeiten und Polizeischerereien erschien mir mein Haus im Chaco als eine Oase des Friedens.

Fernheim, 13.9.1953

Die größte Neuigkeit dieser Woche ist, daß es endlich geregnet hat. Zwar nicht viel, aber doch war alles wieder frisch grün, wie gewaschen nach all dem Staub der letzten Wochen. Wenn wir aber geglaubt hatten, die Sturmzeit sei mit dem ersten Regen vorüber, wie es sonst ist, so haben wir uns getäuscht. Heute bläst es wie vorher und ist glühend heiß. Trotzdem hat man wieder mehr Mut, wenn man gesehen hat, daß es auch noch Wasser gibt, nicht nur Staub.

Diese Woche war ich draußen auf der Missionsstation in dem neuerbauten Indianerkrankenhaus. Es ist ein sehr hübsches, sauberes kleines Krankenhaus geworden, die Indianer haben unter Anleitung die Ziegel gebrannt und alles selbst gemauert.

Wir erleben jeden Tag neue Freude mit unseren Taubstummen. Gestern abend hatten wir Besuch von einem alten Fernheimer Lehrer, der gern einmal sehen wollte, wie wir unterrichten. Erst mußten die beiden kleinen Mädchen den 23. Psalm aufsagen, da hat er schon gestaunt. Dann gab es ein Diktat, und sie schrieben eine halbe Seite voll ohne einen einzigen Fehler, alles nur vom Mund abgelesen. Er konnte sich überhaupt nicht fassen und meinte, nicht alle seine Schüler im 5. Schuljahr seien in der Rechtschreibung so sicher. Dann konjugierten wir; ich gab immer den Infinitiv an, kommen, gehen, sitzen, liegen usw., worauf sie schnell und richtig Präsens, Imperfekt, Perfekt und Futur in allen Personen von »ich« bis »sie« hinschrieben. Das erschien ihm noch viel wunderbarer. Natürlich sind die beiden unsere Vorzeige-Schülerinnen, und ich glaube selbst, daß sie außerordentlich begabt sind. Ich sagte ihm auch, die anderen seien weit hinter den zweien zurück.

Im Krankenhaus muß ich, seit Frau Dr. Tavonius nicht mehr da ist, auch all das tun, was sie gemacht hat: unterernährte Babys aufziehen, Tropen-, Infektions- und innere Krankheiten behandeln, röntgen und überhaupt alles. Es geht besser, als ich dachte, und ich sitze jetzt manchmal über den Büchern und studiere die Krankheit, die ich gerade zu behandeln habe; ich habe soviel vergessen. Erika meint, es tue mir gut, daß ich altes Studienwissen wieder auffrischen muß.

Fernheim, 28.9.1953

Wie in der Medizin meist alles schubweise geht, so hatten wir es in der letzten Woche mit Geburtskomplikationen zu tun. Eine Frau kam abends 27 km durch den Busch gefahren und

hatte fünf Minuten später schon ihr Baby. Ich war gerade im Bad, da kam die Schwester gelaufen, ich solle schnell kommen, die Frau sei am Verbluten. Ich hatte nichts an als meinen Bademantel und ein Paar Latschen und rannte, wie ich war, ins Entbindungszimmer. Da war keine Zeit zu verlieren mit Waschen, und ich pinselte nur schnell meinen ganzen Arm mit Jodtinktur ein. Die Blutung hörte auf; die Frau hatte zweieinhalb Liter Blut verloren (wir haben es gemessen!), ich wußte bis jetzt gar nicht, daß man da noch leben kann. Wir machten sofort eine Infusion und später eine Transfusion. Jetzt geht es der Frau schon wieder ganz gut.
Mit dem Jod, das zu konzentriert war, hatte ich mir derart die Haut verbrannt, daß ich glaubte, mein Arm stecke im Feuer. Ich hätte schreien können und hielt den Arm im kalten Wasser, da war es noch einigermaßen auszuhalten. Aber gleich kam wieder eine Patientin, und ich mußte mich nochmals desinfizieren, so daß die Sache schlimmer wurde. »So«, dachte ich, »nun wirst du eine Weile nicht mehr operieren!« Doch es kam noch eine Frau mit derselben seltenen Komplikation, und meine Haut am Arm schälte sich und juckte und brannte wie verrückt. Ich dachte, so werde es ja nicht weitergehen, zwei große Unterleibsoperationen, mehrere Blinddarmoperationen, drei angewachsene Plazenten in einer Woche, das könnte genügen. Da kam eine Frau, die einen Kaiserschnitt brauchte – ich mußte in den sauren Apfel beißen und mich nochmals waschen und desinfizieren. Alles ging gut, was die Frau betrifft, nur was mich betrifft nicht. Im OP war eine unvorstellbare Hitze, und weil es Nacht war, konnten wir der Insekten wegen nichts aufmachen. Mir klebten die Kleider am Leib, und der salzige Schweiß brannte auf meinem frischgeschälten und halboffenen Arm, daß es nicht zu beschreiben ist.
Kurz, wir hatten in der ganzen Woche jeden Tag und jede Nacht zu tun, Sprechstunde von zwei Kolonien, Operationen, 50 Patienten im Krankenhaus. Aber inzwischen ist mein Arm mit schöner neuer Haut bezogen.

Fernheim, 11.10.1953

Hier hat es jetzt endlich geregnet, die Bauern pflügen. Und schon schwirrt die Luft wieder von Heuschrecken, Tausenden, Hunderttausenden, so groß wie kleine Vögel. Wo sie sich hinsetzen, bleibt kein Blatt übrig. Da muß es schwer sein, zu pflügen und zu säen, wenn man schon vorher weiß, daß womöglich alles gleich wieder abgefressen wird, sobald es aufgegangen ist. Kein Wunder, daß viele Siedler auswandern nach Brasilien, Argentinien, Bolivien, Kanada, USA. Aber diese kleinen Grüppchen sind verloren; es sind jeweils viel zu wenige, um eine lebensfähige Kolonie zu bilden. Wenn es sich um Kanada oder USA handelt, ist es nicht so schlimm, da treffen sie auf Glaubensbrüder. Aber in den südamerikanischen Staaten ist es hoffnungslos. Dazu haben sie dann wieder keinen Arzt, so daß in den ersten Jahren immer etwa ein Drittel an Seuchen zugrunde gehen muß, wie es auch hier war, als sie sich ansiedelten. Meist sind es die Frauen, die weiter blicken und denen das Herz beim Fortgehen entsetzlich schwer wird. Aber der Mann sagt: »Wir gehen!« Und die Frau zuckelt mit ihrer Kinderschar hinterdrein, einem ungewissen Schicksal entgegen. Irgendwo auf einem unbebauten, abgelegenen Stück Land heißt es dann erst roden, bauen, pflanzen, darben, bis nach einem Jahr die erste Ernte eingebracht ist und wenigstens genug da ist, um die Familie satt zu machen und vielleicht ein wenig zu verkaufen. Es ist zum Steinerweichen, wenn man sich dies ewige, endlose Flüchtlingselend ansieht.

Da ist jetzt eine Frau auf der Wochenstation, die ihr siebtes Baby bekommen hat. Sie ist 28 Jahre alt, und die Familie wartet nur dieses Ereignis ab, um gleich danach fortzuziehen, nach Brasilien. Ihre Wirtschaft haben sie schon verkauft. Aber das paraguayische Geld ist ja nichts wert, so reicht der Erlös kaum für das Fahrgeld. Da sie als Staatenlose keine Pässe und kein Einreisevisum bekommen, müssen sie als schwarze Grenzgänger gehen, und das mit sieben Kindern, von denen das älteste etwa neun Jahre alt und das jüngste eben geboren ist. Es gibt viele, die aus Furcht vor all diesen Strapazen hierbleiben und lieber weiterhin Heuschrecken, Ameisen, Raupen, Dürre, Hitze, Stürme und Wildnis ertragen.

Fernheim, 18. 10. 1953

Diese Woche ist mir etwas ganz Neues passiert. Mein Nachbar über die Straße, ein so begeisterter Sänger, daß man sein fröhliches Geträllere schon früh beim Aufstehen und noch abends beim Zubettgehen herüberhört, bekam Blinddarmentzündung und wollte in Lokalanästhesie operiert sein. »Meinetwegen«, sagte ich, »aber dann will ich sehen, ob Sie auf dem Operationstisch auch noch Lust zum Singen haben.« – »Warum nicht, wenn Sie es erlauben?« meinte er. So bereiteten wir alles vor, und als ich den Schnitt machte, fing ich an, das Kirchenlied zu summen, das ich vorher mit meinen Schwestern verabredet hatte, und tatsächlich, der Patient stimmte ein, voll und hell sang er seine Tenorpartie! Das war ein eigenartiges Quartett an einem eigenartigen Ort: Die Assistenzschwester sang Sopran, die Instrumentenschwester Alt, der Patient Tenor und der Doktor Baß. Alles im OP! Als die letzte Strophe des dritten Liedes verklungen war, hatte ich den letzten Stich genäht und sagte: »Fertig!« – »Was, schon?« meinte der Patient. »Ich habe ja gar nichts gespürt, das ging aber viel besser, als ich gedacht hatte!« Da kann man doch wirklich sagen: Cäcilie oder die Macht des Gesangs!

Fernheim, 22. 11. 1953

Der neue Arzt, der von hier stammt und nach dem Studium aus USA zurückgekehrt ist, hat angefangen zu arbeiten. Beim Operieren assistierte er sehr geschickt, in der Sprechstunde schaute er noch zu, wie ich es mache. Er ist ein sicherer, bestimmter, aber dennoch bescheidener Mensch, das macht ihn sympathisch. Wir hatten mehrere Operationen, darunter einen jungen Mann mit Blinddarmentzündung, der gehört hatte, daß der Patient neulich während der Operation gesungen hatte. Jetzt wollte er auch so etwas machen, aber da er kein Sänger ist, wollte er Mundharmonika spielen. Nun, wir gaben ihm eine Mundharmonika, er spielte während der ganzen Operation, und wir sangen dazu. Der neue Doktor meinte, so etwas gebe es nicht einmal in Amerika, er habe auch noch nie eine solche Operation in örtlicher Betäubung gesehen.

Fernheim, 6. 12. 1953

Die vergangene Woche war sehr schwer und inhaltsreich. Zuerst feierten wir das zehnjährige Jubiläum unseres Apothekers, da hatten wir das Personal der beiden Krankenhäuser Neuland und Menno eingeladen, dazu die Eltern unserer Schwestern.

Es war ein sehr schöner Abend, aber ich war in schwermütiger Stimmung, weil wir für den anderen Morgen die Operation an dem schwerbehinderten Kind des neuen Doktors angesetzt hatten. Er selbst wollte nicht mithelfen, so machten es Dr. Rakko und ich.

Vorher gingen wir zu den Eltern, wir alle beteten zusammen. Die beiden benahmen sich vorbildlich, ich mußte staunen, wie sie in all ihrem schweren Leid noch danken konnten. So operierten wir das arme Würmchen. Die Operation ging gut und schnell, aber der Eingriff war doch zu schwer, und das Kind starb vier Stunden nach der Operation. Nachmittags um 5 Uhr war schon die Beerdigung. Ich quälte mich mit dem Gedanken, daß das Kind ohne Operation noch leben würde und jetzt tot war. Aber gut ist es, daß einem immer gleich wieder eine neue Aufgabe zufällt, dann kommt man nicht so sehr ins Spintisieren.

Als ich eben zur Beerdigung gehen wollte, kam eine junge Frau mit Bauchhöhlenschwangerschaft herein, nach einer Fahrt von 20 km bei glühender Hitze auf holprigen Busch-

wegen. Ich ließ den OP herrichten, und nach der Beerdigung operierte ich. Der neue Doktor assistierte mir gleich vom Leichenbegängnis seines Kindes weg, und ich dachte, das ist für ihn vielleicht die beste Medizin, um über seinen Seelenschmerz hinwegzukommen: Arbeit! Die Operation war ebenfalls sehr schwierig, aber die Patientin erholte sich überraschend schnell.
So war ich froh, an diesem Tag wenigstens noch einem Menschen vom Tode zum Leben verholfen zu haben. Erika nimmt an allem Anteil, sie weint mit mir, sie lacht mit mir, und sie findet immer das richtige Wort zum Trost, wenn ich einmal so recht niedergeschlagen bin.

Fernheim, 3. Advent 1953

Jetzt habe ich die Flugplätze nach Buenos Aires und die Schiffsplätze nach Hamburg belegt. Am 23.3.1954 geht das Schiff in Buenos Aires ab, am 11.4. soll es in Hamburg ankommen, wenn alles klappt. Jetzt zählen wir natürlich schon die Wochen und geraten allmählich in Heimreisestimmung. Erika redet immer von blühenden Bäumen, grünen Wiesen, kühlen Bächlein in schattigen Tälern – wir sehnen uns nicht nach etwas Großartigem, nur nach der frischen, fröhlichen, heimeligen deutschen Landschaft.
Wie es nach unserem Deutschlandurlaub weitergehen soll, wissen wir immer noch nicht. Der neue Arzt wird mich vertreten. Da will er dann selbst entscheiden, ob er der Aufgabe gewachsen ist, meinen Platz einzunehmen. Er muß ja außerdem noch sein paraguayisches Staatsexamen ablegen, da sein amerikanisches hier nicht anerkannt wird. So lassen wir es vorläufig offen, ob ich zurückkomme oder nicht.
Komisch, jahrelang hatten wir hier das Gefühl, unser Leben sei jetzt in einen ruhigen Hafen eingelaufen, alle Stürme seien vorüber und wir brauchten bloß noch zu arbeiten. Und jetzt kommt es doch wieder so, daß man sich Sorgen um die Zukunft macht.

Fernheim, 8. 1. 1954

Es ist doch phantastisch, daß wir jetzt einen Weg herausgefunden haben, auf dem wir die Post so schnell bekommen! Wenn Ihr die Briefe an das Mennonite Central Committee in Asunción adressiert, werden sie uns von dort mit dem Flugzeug herausgeschickt; Euer letzter Brief hat insgesamt nur acht Tage gebraucht!
Nächste Woche geht unser Gesundheitsfeldzug gegen Malaria, Hakenwurm und Trachom wieder los. Bis zur Deutschlandreise wollen wir damit fertig sein, denn wenn nur ein Arzt allein da ist, kann er ja nicht 40 oder 50 km weit vom Krankenhaus wegfahren.

Fernheim, 7. 2. 1954

Wir sind nur noch mit halbem Herzen hier, mit dem anderen halben schon zu Hause. Tag für Tag betteln die Leute, wir sollen doch wiederkommen, aber wir wissen wirklich nicht, was wir tun sollen. Ich will nicht behaupten, daß ich mein ganzes Leben in öden und wilden Gegenden zubringen will; aber vorläufig, solange ich gesund und leistungsfähig bin, möchte ich meinem eigentlichen Berufsideal folgen und dahin gehen, wohin kein anderer will, sozusagen eine Mission erfüllen. Die Leute sagen auch, es sollte doch wenigstens ein Vollchirurg in diesem ungeheuer großen Gebiet sein. Das stimmt, aber ich bin trotzdem noch unentschlossen. Die Tätigkeit hier sagt mir freilich auch deshalb zu, weil ich, ohne von Vorschriften eingezwängt zu sein, all das machen darf, was ich kann. Meinen Fähigkeiten sind keine Schranken gesetzt wie daheim, wo alles in Fachgebiete eingeteilt ist und man sich nicht in ein Gebiet wagen darf, für das man keine Facharztanerkennung hat. Wenn auch die Gegend nicht sehr schön ist und das Klima nicht besonders angenehm, ist Fernheim doch in den drei Jahren, die so von Arbeit angefüllt waren, eine Art Heimat für uns geworden, und vor allen Dingen: Wir sind unsere eigenen Herren, von niemand abhängig, keiner Gesellschaft verpflichtet. Früher einmal bin ich gelaufen und habe um eine Stelle gebettelt, auch eine unbezahlte, und jetzt werden mir von mehreren Kolonien Stellen angeboten, und ich weiß nicht, was ich machen soll. So denke ich immer, wenn ich erst in Deutschland bin und etwas Abstand habe, wird mir eine Erleuchtung kommen. Deshalb meine ich, wir sind schon halb daheim.

Fernheim, 13. 2. 1954

Eine fruchtbare Woche liegt hinter uns, aber auch eine anstrengende: Wir hatten 13 Operationen! Jetzt kommen die Leute und wollen noch schnell operiert sein, ehe ich weggehe. Ich lasse den neuen Doktor fast alle Operationen machen, damit er sich übt. Am Dienstag operierten wir einen Mann mit Blasen- und Harnleitersteinen. Ich bestellte Dr. Rakko herüber, weil das ja etwas sehr Seltenes ist, und wir studierten alle verfügbaren amerikanischen und deutschen Lehrbücher durch, aber in keinem war dieser Fall angegeben. Dr. Schmidt, der gegenwärtig in der Kolonie ist, schaute zu, und der neue Arzt aus der Mennokolonie kam auch, so waren wir fünf Ärzte. Eine Operation, die in keinem Lehrbuch steht und die man auch noch nie gesehen oder gemacht hat – man kann sich vorstellen, wie mir zumute war. Aber ich sage dann immer: »Lieber Gott, du weißt, daß ich es nicht aus Eigennutz tue, sondern weil dem armen Mann geholfen werden muß, wo er von so weit hierherkommt und Vertrauen zu mir hat, also bitte hilf du!« Nun, es ging über alles Erwarten vortrefflich, die ganze Doppel-Operation dauerte nur eineinhalb Stunden.
Vorgestern kam dann ein Mann von einer Kolonie, die mehr als 1000 km von hier entfernt liegt, noch hinter der Schwarzwälderkolonie. Er schielte und wollte auch noch rasch von mir operiert sein. So weit hat sich das also herumgesprochen!

Ich hatte mir ja eigentlich vorgenommen, keine Augenoperationen mehr zu machen, ehe ich es in Deutschland nicht noch besser gelernt hätte, aber was sollte ich tun? Er hatte die Hälfte der Strecke mit dem Lastauto zurückgelegt, meist auf ganz unmöglichen Wegen, da konnte ich ihn doch nicht abweisen. So haben wir ihn heute früh operiert, es ging ebenfalls gut, genau nach Lehrbuch. Augen, Mandeln, Blinddärme, Blase, Brüche – alles in einer Woche. Da soll einer sagen, das Leben im Urwald sei nicht interessant!

Jetzt muß ich noch etwas Lustiges erzählen. Letzte Woche kam ein Brief von Reader's Digest mit der gedruckten Geschichte von der »Operation mit Gesang«, dabei ein Scheck über 100 Dollar. Ist das nicht ein Spaß? Mit einem so kleinen Artikelchen mehr Geld verdienen als mit so vielen Operationen in einem ganzen Monat! Ich sagte: »Jetzt sattle ich doch noch um und werde Artikelschreiber, dann kann ich Arzt sein bloß zu meinem Vergnügen!« Das wäre eine Sache, nicht?

Wir sind voller Vorfreude, daß wir Euch alle bald wiedersehen und Ihr endlich unseren Cornelius kennenlernt. Von mehreren Professoren bekam ich Zusagen auf meine Anfragen, ob ich im Urlaub bei ihnen hospitieren könne. Besonders freue ich mich aufs Musizieren, und ich hoffe sehr, daß wir während unserer Anwesenheit auch ins Konzert gehen können. Im übrigen möchte ich am liebsten mit dem Fahrrad durch die Landschaft gondeln oder durch den Wald auf die Höhen wandern und mich in eine saftige grüne Wiese legen. Gerade hier merkt man so recht, was wandern heißt, weil man keine Gelegenheit dazu hat – überall Busch, Busch, Busch. Wie oft sitzen wir sonntags auf unserer Veranda und sagen: »Jetzt einen Waldspaziergang machen – ah!«

Aber nie, auch nicht eine Minute, haben wir es bereut, daß wir nach Fernheim gekommen sind. Es war für uns eine richtige Segenszeit, und wir haben abgesehen von unserer Arbeit für andere auch unser persönliches Leben bereichert und sind hier trotz der Unbilden der Witterung und des Klimas sehr glücklich gewesen.